埼玉県立川越K高校のくすの木

平松伴子　小説集

平凡な女　冬子

目次

平松伴子小説集

平凡な女　冬子　目次

平松伴子　小説集

平凡な女　冬子

(1) 平凡な娘

冬子は色白なだけが取り柄の、目立たない娘である。

〝平均値〟を地で行く中肉中背の体格。目鼻立ちには印象に残るような特徴もない。髪型も世間並みのセミロングで、生まれたままの黒髪である。

サラリーマンの父親・町田信孝と、専業主婦の母親・加代子の間に生まれた二人姉妹の長女で、おっとりとした性格。年子で生まれた妹に母親の関心が移っても、ことさらグズルでもなく、嫉妬もしなかった。

まして、妹に対する競争心など全くなく、ただ両親と学校の先生の言うことをよく聞き、約束事をきちんと守る、素直な娘である。

親の立場からすると、全く手のかからない、ありがたい子どもであったようだ。

学校の先生にとっては、その存在すら忘れてしまうような影のうすい児童であった。

小学校四年生の時のこと、母の加代子が鶴ヶ島の駅前で偶然会った担任の女教師に、

(1) 平凡な娘

「冬子がいつもお世話になっております」

と、あいさつをしたところ、

「冬子？　エート、ああ、町田冬子さんでしたね。そう言えば、冬子さんはウチのクラスでしたね。おとなしくて、あまり目立たないもので……」

と、言われ、さすがの加代子もびっくりしたほどである。

目立たない人間のことを世間では「平凡な人間」と呼ぶことがある。その伝で言えば、冬子は周囲の誰が見ても、間違いなく「平凡な娘」であった。


二月五日生まれの冬子は、冬に生まれたから「冬子」だなんて、随分気の利かないお座なりな命名だと、両親の愛情に疑いを抱いたこともあったが、かと言って、自分の名前を嫌いなわけではなかった。むしろ、寒い冬に病気もせず、元気でいられるのは「冬子」という名前のお陰かも知れないと思うこともあった。

姓名判断や字角数で運勢を占う趣味人からみれば、いかにも単純な納得の仕方だと笑うかも知れない。が、それ以上複雑な思考習慣を持たないのが冬子の長所でもある。

中学生時代も高校生の時も、ごく普通に勉強し、特に成績は良くもないが、親に迷惑をかけるほど悪い成績をとったこともない。言ってみれば「可もなく不可もない」という言葉の典型のような生徒だった。

クラブ活動はずっと「書道部」で、先生の手本を相手に、飽きもせず黙々と半紙に毛筆を走らせ続けた。

「文字は正確だけど、生真面目すぎて躍動感がないね。面白味がないといってもいいかな？」

と、書道の先生から言われた。いわゆる冒険心がないのだというのである。

しかし、自分にはそれを変えることは出来ないと冬子は思い、また、変える必要性もあまり感じなかった。

冬子の家は東武東上線の鶴ヶ島駅近くにある。新興住宅地の一角の建売住宅である。冬子が小学校に入学した年に、二十年ローンで両親が手に入れた四ＬＤＫの家である。その二階の六畳間が冬子の部屋である。ライティングデスクとベッドのある冬子の部

屋はいつも片付いていて、

「お部屋をもっと片付けなさい！」

と、母の加代子の雷が落ちるのは、専ら妹の直美の部屋の方だった。しかし、そんな時にも、母の加代子は、

「少しはお姉ちゃんを見習いなさい」

などとは言わなかった。

直美の方が学校の成績が良かったことと、そんなことを言って意地っ張りの直美がヘソを曲げると、始末におえなくなるからである。


中学校の卒業間近になり、高校進学を考えなければならなくなった時、冬子は迷うことなく地元の埼玉県立鶴ヶ島高校を目指した。自分の実力以上でもなく、それ以下でもない高校を自ら選んだのである。両親も担任の先生も異を唱えることもなく、難なく県立高校生になった。

男女共学の公立高校に入学し、早々とボーイフレンドを作って青春を謳歌している

同級生もいたが、冬子は決まった時間に登校し、決まった時間に下校する日々を送った。母の加代子が冗談まじりに、

「冬子にはボーイフレンドはいないの？」

と、尋ねると、

「別に……。ボーイフレンドを見つけるために高校へ行ってるんじゃないから」

と、バカ正直な答えが戻ってきて、かえって加代子の方が恥ずかしくなった。


県立鶴ヶ島高校を卒業し、冬子は専門学校へ進んだ。

大学進学も考えないではなかったが、大学に入って何かを研究し、深く極めたい、というものも見出せないまま選んだのが東京神田にある「田村簿記専門学院」だった。全く偶然、自分で見つけた簿記学校だった。

中学や高校で数学が得意だったわけではなく、自分自身に期待してもいなかったが、人間とは分からないものである。

簿記や珠算や計算機との相性が良かったのか、冬子は〝数字の世界〟に次第に惹か

れていった。数字とのにらめっこの日々の中に、冬子は自分の生き易い場所を見出していた。誰とも競争する必要もなく、自分の行為が他人を傷つけることもない。また、相手にしている数字に責められることも、裏切られることもない。

(こんな世界があったのか!)

と、冬子は二年間、鶴ヶ島から神田まで、朝夕のラッシュに揉まれながらも、無遅刻、無欠席で通学した。

無遅刻、無欠席などというと、いかにも努力家のように思われるかも知れないけれど、冬子にとっては至極普通のことで、気負いもなく、頑張りでもなかった。

だから、卒業式に卒業生代表として「答辞」を読むように担任の教官・奥村典史から言われて、驚いてしまった。

「どうして、私が代表なんですか?」

と、いぶかし気に尋ねる冬子に、

「君の粘り強さは、他の学生の模範になっていたんだよ」

奥村教官は答えて、やさしく冬子の肩をたたいた。

「粘り強さ？　私がですか？」

「そうだよ。無機質な数字を相手にする人間には、先ず必要なのが粘り強さなんだよ。次に必要なのが〝平らな心〟だね。分かるかい？」

父親と同年輩の奥村教官は、言い含めるように冬子の顔をのぞき込んだ。

そんなむずかしいことを考えたこともなく、ただ数字の中に引き込まれて過ごした冬子は、

「はい、分かりました」

とは答えたが、まだ自分が代表になることを納得できずに帰宅した。

夕食時に奥村教官から言われたことを両親と妹の直美に話すと、

「へえ、お前のような平凡な娘がねえ！　でも、まあ、よく頑張ったね」

父の信孝と母の加代子は、驚きつつ顔を見合わせ、初めて冬子を誉めた。いつも妹の直美に向けられていた両親の「誉め言葉」が、初めて冬子に向けられたのである。

(1)　平凡な娘

「お前のような平凡な娘が、よく頑張ったね」

二十歳になって、初めて両親から誉められた冬子。冬子は両親の言葉を聞いて、胸の中の温かい塊が少しずつ大きくなるのを感じた。子供が親から誉められるって、こういうことだったのか、と冬子は思った。

子供がひとりの人間として、親の意識の中に分け入り、その存在を認められること。それが誉められるということなのではないか、と冬子は思ったのである。

冬子の父町田信孝も、母の加代子も、妹の直美には誉め言葉を惜しまなかった。小さい頃から、直美はその誉め言葉によって成長し、両親の期待をますます膨らませていた。直美は両親の希望の星の如く、いつも輝いていた。冬子には輝く機会が与えられないまま、二十歳になってしまったのだ。

夕食後、冬子はゆったりとした気持ちでお風呂に入った。浴槽の中にゆれる自分の白い体を愛しく眺めながら、親が子を誉めることの意味を改めて考え、もし将来、自分も子供を持つ幸運に恵まれたら、うんと誉めてやろうと心の隅で思った。

また、教師が生徒を誉めることには、どんな意味があるのだろうか、と冬子は考えた。担当教官の奥村典史が言った「粘り強さ」と「平らな心」という言葉の意味を考えた。

冬子は、殊更がんばったつもりもなく、特に目立つ活動をした覚えもない。まして、教官たちに媚びることなど思いもつかず、ただ教室の隅でひっそりと数字に向き合ってきた。そんな冬子の態度を「粘り強さ」と受け止めてくれた教官は、奥村ひとりではなかったのだろう。

冬子は、教官たちが感じた「粘り強さ」が、はたして本当に自分にあるのだろうか、と改めてこの二年間の「田村簿記専門学院」での生活を省みるのだった。

いずれにしても、二〇〇人の同期生の中から、教官たちが自分に与えてくれた機会である。素直に受け容れよう、と冬子はようやく決心した。それが、両親を喜ばせることになるのだとしたら、冬子自身にとっても幸せなことに違いないと思ったのだ。

冬子がそろそろ風呂から出ようと、浴槽の縁に手をかけた時、浴室のドアの開く音がした。

「お姉ちゃん、いつまで入っているの。早く出てよ。私、明日、大学の早朝ゼミに出なくちゃならないのよ。だから、今夜は早く寝たいの。もう、お姉ちゃんみたいに、のんびりしていられないのよ。私だってもうすぐ二年生になるんだから！」

直美のいらついた声が脱衣所に響いた。

「うん、わかった。今、出るから。ごめんね、遅くなっちゃって」

冬子が慌てて浴槽をとび出し、風呂場のアコーディオンドアーを開けると、そこには直美がスラリとした肢体を見せて立っていた。

同じ親から生まれたのに、としごの妹の直美と冬子はどうしてこうまで違うのか。とても一歳違いの姉妹とは思えない。お椀を伏せたような形の良い乳房と、キュッと締まったウエスト。中肉中背の冬子に比べて、一七〇cm近い長身の直美の裸身は見事だ。

若い女の甘い体臭を漂わせ、直美は自分の裸身を冬子に見せつけるようにして、浴室に入って行った。

（人間て、誉められて育つと体まで大きくなるのかしら？）

直美の後姿をほれぼれと見送りながら、冬子は、フッとそう思った。


冬子はその夜、なかなか寝つかれなかった。先ず、卒業式の答辞の文章を考えなければならない。答辞を読むなんて、自分とは何の関わりもない世界のことだと思ってきた。中学でも高校でもいつも他人事だと思って眺めてきたことが、まさか我が事になろうとは想像もしなかった。

しかし、考えてみれば、毎年、冬子と同じ立場になった人が一人いたわけである。その人もこんなふうに悩んだのだろうか？　きっと、冬子などの知らない所で、みんな人知れず悩んだのだろう。

代表になるということも、他人が羨むほど気楽なものではない、と初めて冬子は解った。

国語の成績は概ね3だったから、作文を誉められたことも勿論、一度もない。いくら考えても、卒業式の答辞なんて、何を言えば良いのか、皆目見当がつかないまま、

⑴ 平凡な娘

冬子はいつしか眠りの精に身を任せていた。

翌日、冬子は学校で担当の奥村教官に相談した。できたら、前年の卒業生の答辞を参考にしたいと思ったのだ。

「何でもいいんだよ。形式なんてないから、自分が思ったことを、自由に言えばいいんだよ」

と、奥村教官は言う。

「でも、私、今まで答辞なんて読んだ経験がありません。それに、賞をもらったこともないし。まさか、私が代表になるなんて、両親もびっくりしているんです。平凡な娘なのにって」

冬子が助け舟を求めると、奥村教官は、

「そうか、ご両親から見ると、君は平凡な娘なのか。うんうん、それじゃね、そのことを率直にそのまま書いてみたらどうかな？　飾ることもないし、見栄を張ることもない。

今の君の気持ちをありのままに、みんなに聞いてもらえばいいんだよ。その方が君らしくていいんじゃないか。

この田村簿記専門学院はね、歴史は古いけど、田村学院長が世間的な形式主義や強制的な指導を嫌いでね。教官や学生の自主性をいつも尊重している。

だから、卒業式だからと言って、特別なことはしない。ホールのステージに「日の丸」を飾ったり、大声で「君が代」を歌ったりもしない。そんな前世紀の遺物みたいなことはしないで、自由ですっきりとした、気持ちの良い卒業式をするんだよ。それが専門学校の本来の姿なんだ」

冬子は奥村教官の話を聞いているうちに、少し気が楽になってきた。

「何も心配しないで、君の思った通りのことを、誠意を込めて言えばいいんだよ。その方が、後輩のためにもいいんじゃないかな？」

本当に奥村教官の言う通りなら、自分にもできるかも知れない。そうだ、見栄を張ることはない。地のままの私で良いんだ。

(1) 平凡な娘

冬子はその日、帰宅してすぐに、答辞の下書きに取りかかった。

自分がどんなに平凡な人間であるか。代表として答辞を読むなど想像したこともなく、家族はおろか、自分自身がどんなに驚き、戸惑ったか。

しかし、人生には思いがけないことが起こるものである。

と、そこまで書いて、自分が今、思いがけない出来事の渦中にいるのだと思った。

⑵　墨のかおり

人生には、思いがけない出来事はつきものである。もし、思いがけない出来事も何も起こらず、平々凡々たる時が際限もなく続くとすれば、それはむしろ苦痛であり、死にも等しい退屈なものになってしまうかも知れない。

たとえそれが「禍」であれ「福」であれ、避けられないものならば、素直に受け入れ、粘り強くその思いがけない出来事に対峙してゆくしかないのではないか。

卒業後は会計事務所や税理事務所の補助的な業務につき、数字との付き合いが続くかも知れない。けれど、これ迄のような教科書や参考書、実例集などを素にした経済学や架空の出来事とは異なり、他人の人生に直接踏み込み、他人の人生を変えるような場面に遭遇することになるかも知れない。

もし、そのような立場に置かれても、常に「平らな心」で仕事に向き合ってゆきたい。

そして、仕事に行きづまり、進むべき道を失った時には、身近な先輩をはじめ、この

⑵　墨のかおり

田村簿記専門学院の諸先生方に助けを請いたい。そんな時には、二十年の人生しか歩んでいない未熟な卒業生たちの「かけ込み寺」として、いつまでも学院の門戸を開き、さらなる厳しき指導をお願いしたい。

冬子はそのような内容で答辞の文章をまとめ、用意しておいた巻き紙を広げた。久し振りに、書道の道具を戸棚から出し、硯に水を注いで墨をすり始めた。二年振りの墨の香りが辺りにただよう。

高校時代まで既成の墨汁を使わず、いつも墨をすっていた。手速く書き上げるのが得意な者から見れば、何と要領の悪い人間だろうと思うだろう。しかし、冬子はそういう要領の悪さでしか、先に進むことが出来なかったのである。

シューシューとゆっくり墨をすってゆくうちに、墨のかおりが冬子の胸から雑念を消してゆく。

賞こそもらったことはなかったが、中学・高校の六年間、書道部に属し書き続けたことが、こんな所で役立つとは思ってもみなかった。

二年間の専門学院生活では毛筆を使う機会は全くなく、家の中でも勿論、毛筆とは無縁の日々だった。

巻き紙の端を文鎮で押さえ、小筆の先を口にくわえて少し湿らせると、墨をたっぷり筆に含ませ、ためらうことなく筆を走らせた。

一気に答辞を書き上げ、出来具合いを点検しながら、わずか二十年しか生きてこなかったけれど、今、この時が最も充実した時間だったように冬子には思えた。

卒業式を二日後に控えて、出来上がった答辞を教官室にいる奥村に見てもらった。

奥村教官は表紙の「答辞」の文字を見ると、

「ほう、これはこれは、すばらしい字だね」

と感嘆の声を上げた。

「誰に書いてもらったのか知らないけど、見事な字だね。お父さんか、お母さんか、それとも専門家に頼んだのかな?」

奥村は、それが彼の癖なのだが、冬子の顔をのぞき込むようにして冗談ぽく言った。

「わたしが……自分で書いたんですが」

恐る恐る言う冬子に、

「えっ、君が？　自分で書いた？」

大きな声を発し、丸い目玉をむき出して、鳩が豆鉄砲を喰ったような顔をした奥村教官の顔を見て、

「はい」

と、言いながら冬子は思わず笑い出した。そんなに驚くことはないのに、と彼女は思ったのだ。

教官室にいた四、五人の若い教官たちが二人のやりとりを見て、そばに寄ってきた。

「おお、これは、すごいですね。先生方の中にも、今どき毛筆でこれだけの字が書ける人はいないんじゃないですか。本当に自分で書いたの？」

正確なだけが取り柄だと、高校時代に書道の先生から言われたことを思い出し、

（いくら学生を励ますためとは言っても、これは少し誉め過ぎではないか）

と冬子は教官たちの言葉を、こそばゆく思いながら、吹き出してしまった。

「うん、いいじゃないか！　内容もいいよ。自分の体験に立脚して、将来への展望も書いてある。ねえ、先生方、どうですか？」

奥村が他の教官たちの意見を求めた。

「そうですね。平凡だと言われた人間が、この学院で花開いたなんて、学院長が聞いたら喜ぶんじゃないですか。我々も教え甲斐を感じますよ。久々のクリーンヒットですよね！」

教官たちに囲まれながら、

(やっぱり誉め過ぎだわ。私はありのままを書いただけなのに)

そう思いながら、冬子はほてる頬を両手で押さえた。


帰りの電車の中で、冬子は考えた。教官たちの誉め言葉は割り引いて受けとるにしても、それにしても人の評価はさまざまだ。

ある人が「正確なだけが取り柄だ」と言った冬子の文字を、立場の異なった人は「正確こそが取り柄だ」と言う。

それは、「芸術としての文字」の見方と、「ビジネスとしての文字」の見方の違いだろうか？　芸術ならば「個性」が大切にされるが、ビジネスでは「正確さ」が大切にされる。

冬子がこれから向かうのは「正確さ」がものを言うビジネスの世界である。冬子の文字に対する教官たちの評価。それは、一つのものに対する多角的なものの見方を示唆したのではないか。

即ち、一面的な固定観念ではなく、立場を変えた多角的な視点でものを見ること。そうすれば既成概念ではとらえられなかったものが見えてくる。それが〝平らな心〟だ。そう教えているのではないか。冬子は大切なものを教官たちからもらったような気がした。

冬子はこれから、生きた人間の中で数字を扱っていかなければならない。固定観念や先入観では解決出来ないことに突き当たるに違いない。そんな時こそ〝平らな心〟が必要になるに違いない。

そんな将来に漠然とした不安を感じながらも、教官たちのあたたかい誉め言葉を、冬子はそっと胸の中に抑え込んだ。

暖冬だと予報されていたが、二月も下旬になると頬に当たる風も刺すように冷たい。池袋から東武東上線の急行小川町行きに乗ると、座席はもういっぱいだった。たとえ並んでいても、どっと駆け込み座席へ殺到する乗客の中で、要領の悪い冬子は度々はじき出される。だから初めから満席の方がかえってホッとするのだ。

快い疲れに身を委ねた冬子は、走り去る窓外の景色をぼんやりと眺めていた。

二〇〇二年三月一日、卒業式は田村簿記専門学院の体育館で挙行された。

と言っても、どこにでもあるような紅白の幕で会場を飾ったりしていない。ステージの中央に緑地に白の毛筆で書かれた「公」の字が染め抜かれた校旗が掲げられているだけである。「公」は「公正」の意味である。

紅白の幕もないと言えば、如何にも殺風景だと思われるが、その代わりに何百本も

⑵　墨のかおり

の紅いバラの花が大きなスタンドに盛られて、会場の随所に置かれている。

バラの花言葉は、言わずと知れた「愛」である。卒業生への永遠の愛を表したものである。

「公正」と「愛」、それが田村簿記専門学院の象徴であった。

卒業生二〇〇名、在校生二〇〇名の席の他に、それと同数ほどの席が用意されている。少子化社会を反映して近年、有名無名を問わず、大学の入学式や卒業式には両親だけでなく祖父母までが出席する傾向が多くなったと言われている。

専門学校でもご多分に漏れず、卒業生の関係者が多数出席するようになった。地方出身の学生の場合、親族が子どもの卒業式にかこつけて上京し、卒業を祝うついでに家族旅行をしゃれ込むなどという例も見られるようになり、学校側を驚かせている。

それもこれも、わが子可愛さ余りの行為である。大学によっては親族の出席人数を制限するところもあると聞くが、この学院では人数制限をするどころか、大いに歓迎していた。自分の子どもが二年間、どんな仲間や教官たちと学んできたのかをよく知ってもらいたいからである。

また、将来の職場は地域密着型が多く、親類縁者や両親の中に同窓生がいるケースもかなりある。そんな関係から、家庭的な雰囲気も、この学院の〝売り〟になっていたのである。

冬子の家では、母の加代子が一人、卒業式に出席することになった。土曜日であるにもかかわらず、父の信孝は出勤だという。

娘が卒業式の答辞を読むのだと言えば、会社で休暇をとることは可能だったと思うのだが、冬子からの懇請もなかったことから、あえて両親そろって出席することもあるまいと信孝は考えていた。

「よく頑張ったね」

と、誉めはしたものの、大学の経済学部を卒業して、それなりの会社に勤めている信孝にとって、専門学校の卒業式がどんなものであるか、見るほどの価値を感じていなかったとも言える。

それよりも、

「もう二年たったのか！」

と、時の流れの速さに驚いただけだった。

妹の直美も、前夜、

「お姉ちゃん、明日、頑張ってね。専門学校の卒業式ってどんなだか知らないけど、まあ、それなりに頑張ればいいじゃない？」

と、あまり関心もなさそうに言った。

母の加代子はベージュのスーツの上に、黒のカシミヤのオーバーを着て、初めて田村簿記専門学院の門をくぐった。加代子は卒業式の会場に足を踏み入れて一瞬、たじろいだ。

教官たちは黒の礼服、学院長の田村英太郎は黒のタキシードをスマートに着こなしていた。驚いたのは、学生たちの服装だった。男子学生の多くはダークスーツ姿だったが、中にはきちんとした羽織り袴の一団もある。

女子学生は、何と着物に袴姿がほとんどだ。ピンクやクリーム色の着物の他に、赤や紺の矢絣の着物。紫や紺や蛯茶の袴。アップやロングの髪型に、リボンや羽毛の花をつけている。二十歳という若さが、華やかさを増幅しているのか、目に眩しい。

そんな中で、スーツやドレス姿は数えるほどしかいない。

そして、スーツ姿の中の一人が、わが娘の冬子だったのだ。しかも、冬子は代表で答辞を読むのだ。その姿はいやでも会場のすべての人の目に入る。そう思って、加代子は愕然としたのである。

専門学校の卒業式なんだから、と思って冬子の服装にまで気を配ってあげなかった。冬子は手持ちの洋服の中でも、一番地味なグレーのスーツを着ている。それに、自分で準備したピンクのコサージュを左衿に付け、いつ買ったのか細いパールのネックレスをしている。靴は黒のパンプスだ。二十年か三十年前なら極く普通の服装である。

しかし、今、この会場では、その地味な姿がかえって人目を引く。華やかな若い娘たちの中で、冬子の際立った地味さ加減が加代子の胸を突き刺した。

(どうして、冬子はみんなと同じ服装をしたいと言わなかったのだろう?)

加代子は母親としての自分の配慮のなさよりも、何も要求しなかった冬子に苛立ちを覚えた。

（これでは、代表で答辞を読む娘の母親としての立場がない）

加代子はいたたまれない気持ちになり、前方の座席から後部の席の隅に移動し、誰にも知られないように、そっと前方をうかがった。

卒業式は型通りに進んだ。

学院長の田村英太郎の式辞は簡潔で、要を得たものだった。

「君たちがこれから進む道は、ただただ公正であること。この道を外れた時、君たちは社会から必要とされなくなる。逆に、公正な君たちを必要としない社会は、社会としての機能を失ってゆく。公正な社会でこそ君たちは生かされる。そのような社会を〝平らな心〟をもって創ることが君たちの使命である」

田村学院長の式辞の後、卒業証書が授与され、来賓のあいさつに移った。

来賓は地元の政治家や有力者などではなく、卒業生が世話になっている各監査法人の会長であり、毎年、別な人にお願いしているのである。常に「公平な人脈」を保つための学院の方針であった。

在校生の送辞も無事に終わり、残すところは答辞だけとなった。加代子は冬子の後姿を遠くに確かめながら、胸の動悸を必死に抑えていた。

最後に、

「卒業生、答辞。卒業生、全員起立」

司会の言葉で、冬子の姿は見えなくなった。

「卒業生代表、町田冬子」

担当教官の奥村典史が冬子の名前を読み上げると、

「はい」

と、冬子の落ち着いた声が聞こえた。

加代子は気分が悪くなるほど緊張した。

考えてみれば、冬子がどんな答辞を読むのか、加代子は知らなかった。冬子が答辞を書いていたのは知っていたのだが、その内容については尋ねもしなかったのだ。

無関心と言えば、これほどの無関心はないだろう。卒業式の前夜、答辞の内容を冬子に尋ねる時間は、いくらでもあったはずなのに……。

加代子は、親である自分たちが関心を持たなかったことにではなく、冬子が自分たちに聞かせなかったことに今、腹を立てていた。

ステージに立った冬子は、はっきりした口調でゆっくりと答辞を読み始めていた。その声はいつもの冬子の声であり、その姿はいつもの冬子の姿であった。気負いもなく、いたずらに抑揚もつけず、ごく自然な調子で、正確に読み進めている。

それはいかにも〝平凡〟な読み方であった。しかし、芝居気のない平凡さが、かえって内容を引き立たせた。

落ち着いた声で最後まで読み終えた冬子が、答辞を田村学院長に手渡し、ステージから降壇した時、どこからともなく、拍手がわき起こった。それが燎原の火のように会場全体に広がっていった。

冬子は困惑と恥ずかしさを顔に浮かべ、同級生たちに助けを求めるように、足早に自席に戻った。

加代子の周囲でも、

「すばらしい答辞だったね」

「率直で、若者らしい答辞でしたね」

と、何人かが言葉を交わしている。

加代子は拍手をするのも忘れ、呆然としていた。

冬子の答辞の中の、

「両親にも平凡な娘として育てられた私が、今日、この答辞を読むことになり、誰よりも私自身が驚いております。………」

という言葉に、加代子は頭をガーンとなぐられたような気がした。自分の娘の長所が見出せなかった親。それを多勢の人前で暴露されたような気がして、加代子はショックを受けたのだった。

自分たち親の目が、いつも妹の直美の方にばかり向いていたことを自覚する以前に、冬子によってそれを指摘されたことが、ショックだったのだ。

　卒業式が終了し、親族席の人たちが自分の子どもの方に走り寄って、手を取り合い、喜んでいる姿を見ても、加代子はなかなか席から立ち上がることが出来なかった。

「お母さん、今日はありがとう。真直ぐ家に帰るでしょう？　私はこの後、神田のセントラルホテルで謝恩パーティーがあるから、少し遅くなるかも知れないけれど、お母さん、気をつけて帰ってね」

　何事もなかったように冬子が話しかけてきた。その声でわれに返った加代子の所に、担当教官の奥村があいさつにきた。

「町田君のお母さん、今日はご出席ありがとうございました。町田君には大役を果たしてもらいまして、担任として誇りに思います。どうかお父さんによろしくお伝え下さい。これからもよろしくお願い致します」

　そんな丁寧なあいさつをされて、加代子は返す言葉もなく、ただ、

「ありがとうございました」

と、口ごもって言うだけが精いっぱいだった。

謝恩パーティーを終え、冬子が鶴ヶ島の家に帰ったのは、夜も十一時を過ぎていた。終電で帰宅するなど一度もなかった冬子は、そっと玄関の内鍵を閉め、そのまま二階の自室に入った。

「冬子、帰ったの？」

加代子が小さくノックをして、冬子の部屋のドアーを開けた。

「遅くなってごめんなさい。二次会まではみんなと一緒に行ったんだけど、三次会までは付き合えないから、家が遠いからって、失礼してきちゃった。今夜はホテルに泊まる人たちもいたけど、私はそこまでは、とても……。お母さん、今日はありがとう。起こしちゃってごめんね」

「ああ、まあいいけど。今日はアンタも疲れているだろうから、また明日。おやすみ」

加代子は物言いたげだったが、ドアを閉めて自室に戻った。

シャンパンやワインを飲んだせいか、冬子は気怠く、眠かった。早目に帰ってきてよかったと思いながらパジャマに着替え、シャワーも浴びず、ベッドにもぐり込んだ。ほてった体に、冷たいふとんが気持ちよかった。

翌日は日曜日。いつものようにゆっくりした朝食で、家族が顔を合わせた。

「お母さんは、昨日はつらかったわ。いかにも親が娘をないがしろにしているみたいで、恥をかかされたわ。娘の良さが分からない親の典型みたいに思われて、居たたまれなかったわ。

冬子はなんで他の娘と同じように、着物に袴姿で卒業式に出たいって言わなかったの？　言ってくれれば、川越の貸し衣装屋さんで借りることだって出来たのに」

母の加代子が、胸にたまっていたものを吐き出すように強い口調で言った。冬子は意外な気持ちで、母の言葉を聞いた。

（私はいつもの通りの服装にしただけなのに）

そう思いながら、

「卒業式と言っても、特別なことはないのよ。だから………」

冬子が言うと、

「だって、アンタは代表で答辞を読んだのよ。いやだって全員の人がアンタを見ていたのよ。それなのに、あんな地味なスーツ姿で、まるで親が何もしてやらないみたいじゃないの」

加代子は、自分がそこにいた人たちから責められでもしたような言い方をした。

「私はいつも通りでいいと思っていたから。そんな見栄をはることはないのよ」

「見栄じゃないでしょう！　親にだって世間体というものがあるのよ！」

加代子が感情を昂ぶらせて言った。

すると、妹の直美が、

「いいじゃないの、お母さん。おねえちゃんがいいって言ってるんだから。それより、私の卒業式にはちゃんと着物と袴を作ってもらうから、お母さん、覚悟していてよ。私は専門学校じゃなくて、大学なんだから、貸し衣装なんかじゃ、いやよ」

直美の甘え声で釘を刺されて、加代子の憤懣は静まり、冬子への攻撃の矛を収めた。

「いいわよ。うんと気張ってあげるから。代表になんかならなくたっていいわよ。アンタの実力はちゃんとお母さんたちは分かっているから。ねえ、あなた」

直美への期待で一変して相好を崩した加代子は、夫の信孝に顔を向けた。

「うん、まあ、好きなようにするんだね」

信孝は紅茶をすすりながら、誰にともなく、気のない返事をした。

その後は、もう冬子が代表で答辞を読んだことは、話題にならなかった。と言うより、話題にしたくないような雰囲気だった。

⑶　無欲な選択

冬子の卒業式の時の話題は、町田家の食卓からすぐに消えた。

代わって、三年後にあるはずの直美の卒業式の服装について関心が移っていった。着物は紫の矢絣がいいとか、それに合う袴は蛯茶色だろうとか。いや、紺の方がシックだろうとか。スラリとした直美なら何を着ても似合うだろうとか。加代子と直美は、冬子に当てつけるように、延々とそんな話を続けた。

冬子は黙って二人の話を聞いていた。自分のことが話題から消えて、むしろホッとしていた。先ほどの加代子の言い分を聞いていて、母親の立場になるとそういうものの考え方もあるのか、と改めて考えさせられた。

しかし、誰も加代子を責めてはいない。誰も加代子に恥をかかせたり、ないがしろにするようなこともなかったはずだ。

ただ、親の期待と関心の外に置かれてきた冬子は、いつものように自分で考え、行動しただけだったのだ。それが気に入らないと言われても、それ以上返す言葉がなかった。何て言えばよかったのだろうか？

今、三年も先の卒業式の話に夢中になっている加代子と直美は、そんな冬子の心の迷いに思い至る様子は全くなかった。

(3) 無欲な選択

冬子の就職先は難なく決まった。大学卒業生の就職が氷河期を迎えて久しく、四大卒の七〇％、短大卒はわずか四〇％しか就職内定が取れないと言われている時期に、こんなにあっさり決まっていいのかと思うほどだった。それは全国に通用する公認資格の為せる技かとも思われた。

学院の推せんとして冬子にすすめられたのは、東京で一、二を争う大手の「K監査法人」と、埼玉県上福岡市の「大木会計事務所」の二つだった。

冬子は迷うことなく、上福岡の「大木会計事務所」を選んだ。

担当教官の奥村は驚いて、

「君は本当に欲のない人間だね。この二ヵ所を出されたら、一〇〇人中九十九人はK

監査法人を選ぶと思うよ。将来のキャリアアップを考えれば当然のことだと思うよ。他の学生なら飛びついてくると思うけどね。しかし、君は大木会計事務所を選んだ。どうしてだろうね？」

奥村は怪訝な面持ちで冬子に尋ねた。

冬子は当然のように、

「家から近いからです」

と答えた。

奥村は聞き間違えたのかと思い、もう一度尋ねた。

「同じ東上線で、家から近いんです」

冬子のあまりに単純な答えに、

「家から近いから？………ふうん、そうか。君はそういう人だったんだよな。僕らにはちょっと考えられないんだけど、それが君の生き方なんだね。うーん、まあ、それもいいかも知れない。

実はね、大木会計事務所の大木将郎所長は僕の先輩でね。息子で副所長の孝太郎君は僕の教え子なんだ。孝太郎君はここを卒業してからS大学の商学部に編入して、公認会計士の資格を取ったんだよ。なかなかの努力家だったんだ」

奥村は昔を懐かしむような眼つきで、冬子に大木親子との関係を語った。

「この学院とも浅からぬ縁のある会計事務所なんだよ。それで、今年はどうしても事務係を一人欲しいって言ってきてね。いい子を紹介してくれって頼まれていたんだ。まさか君が入所してくれるとは思ってもいなかったんだけど、たまたま同じ東上線沿線だからと思って、試しに名前を出してみただけだったんだ。出さなければよかったなあ」

すまなそうに言う奥村は、少し後悔したように、K監査法人の書類をもう一度、手に取った。

「本当は、君の実力ならK監査法人でも充分に務まると思っているんだよ。日商簿記も一級を持っているし、全経協の検定も上級合格だし、申し分ないんだけどね」

日商簿記というのは日本商工会議所主催の簿記検定試験であり、また全経協は社団法人全国経理学校協会主催の簿記能力検定試験である。これらの検定試験合格者には税理士への受験資格が与えられることになっている。

奥村はなおも未練気にK監査法人の書類を眺めている。冬子は、がっかりしたような奥村に向かって、

「大木会計事務所で、よろしくお願いします」

と、改めて頭を下げた。

奥村は冬子のその姿を見て、ようやく意を決したように言った。

「うん、よし、分かった。人間にはそれぞれの生き方がある。とは言っても、君のようは無欲な人も珍しいけどね。だからね、大木さん父子にはうんと給料をはずんでくれるように言っておくからね。まあ、大木さんはとてもいい人だし、地元でも信頼されている。君にとっては働き易い職場かも知れない。

それに、あそこには名物おじさんがいてね。元高校の歴史の先生で、何でもよく知っている人だから、勉強になるかも知れない。うん、そうだ。うん、うん」

奥村は自分に言い聞かせるように何度もうなずき、冬子の顔を見て笑った。

⑶　無欲な選択

三日後、上福岡市の大木会計事務所から面接に来て欲しいという連絡がきた。

上福岡駅は、冬子が住んでいる鶴ヶ島から上りで五つ目の駅である。同じ東武東上線の駅であるが、二年間の通学時に、冬子は一度も降りたことがなかった。上福岡駅には急行が停まらないからである。

その日、冬子は川越駅で準急に乗り換えて、上福岡駅に降りた。

橋上駅から池袋に向かって左側の階段を軽い足どりで下りていった。大木会計事務所からファックスで送られてきた地図を見ながら、駅から斜めに向かった道路を歩いて行った。

右側に東南銀行、左側には全国展開している大手のスーパーUがある。この通りが駅からのメインストリートなのだろうか。

そのうちに、大きな交叉点にさしかかった。交叉点を斜め右に曲がると、広い通りに出た。道の両側にプラタナスの並木が続いている。左側の奥には大きな団地が見える。地図には「上野台団地」と書いてある。

地図をよく見ると、池袋に向かって、上福岡駅の右側には「霞ヶ丘団地」がある。

上福岡は団地の町なのだ、と冬子は興味深く辺りを見回した。

通りをしばらく行くと団地側に公園が現れた。冬の木漏れ日の中で、犬を連れた高齢の女性がベンチに腰掛けて、こちらを見ている。

公園の反対側の歩道で、冬子は立ち止まった。ふと見上げると、目の前に「大木会計事務所」の看板があった。

三階建ての大木会計事務所は、白タイル貼りの外観が清潔そうに見える。二階建ての家並みが続く中では、ひと際目立つ建物だ。

広い道路の反対側が公園。その向こうが上野台団地で、公園の端には「市立中央図書館」の標識も見える。しかも、駅から徒歩十分。会計事務所の環境としては最高である。

約束の午後二時にはまだ十分ほど間があったが、学校の紹介状と履歴書の入った封筒をしっかり抱え直し、冬子は事務所のドアを押した。

⑶　無欲な選択

「ご免下さい。町田冬子でございます。面接に伺いました」

冬子が大きな声であいさつをすると、

「ああ、冬子ちゃん、いらっしゃい」

と、部屋の奥から負けずと大きな声がして、男が出て来た。

（えっ、冬子ちゃんて、私のこと？）

「冬子ちゃん」なんて呼ばれたことのない冬子は一瞬、戸惑った。

「さあ、さあ、どうぞこちらへ」

大きな声の主は、年の頃は七十歳前後か、白髪の恰幅のいい男である。白Yシャツに紺のVネックのセーター。薄い水色のストライプのネクタイ。濃いグレーのズボンの腹部が少々突き出している。

声が大きい割には柔和な顔つきで、眼鏡の奥の目が笑っている。

「町田冬子でございます」

再度、冬子があいさつをすると、

「そんなに硬くならないで、さあさ、こちらへどうぞ」

受け付け用のテーブルと来客用のソファセットが置いてあるだけの部屋は二十畳ほどで、広々としている。

冬子をソファに案内しながら、

「こんな小さな事務所へよく来てくれましたね。奥村君から話はよく聞いています。冬子ちゃんみたいな優秀な子に来てもらえるなんて思ってもいなかったから、みんな感激しているんですよ。私が所長の大木将郎です」

そう言いながら、大木将郎は名刺を冬子の前に出した。冬子は慌てて封筒から学校の紹介状と履歴書を出し、テーブルの上に置いた。

「どうぞよろしくお願い致します」

頭を下げる冬子に、

「やあ、やあ、冬子ちゃんのことは奥村君から詳しく……」

大木将郎が書類に手をのばそうとした時、

「所長、冬子ちゃん、冬子ちゃんて、少し馴れ馴れしくありません？　ねえ、冬子ちゃん」

四十代の女性が、お盆にお茶をのせて現れた。きりっとした感じの女性である。

「おや、そうかい。だけど今、真澄さんも、冬子ちゃんて言わなかったかい？」

大木所長がとぼけた声でそう言い返したので、真澄さんと呼ばれた女性も、

「あらっ、そうだったかしら？」

と言って笑い出した。

「ご免なさいね。ここでは町田さんはもう、冬子ちゃんてことになってるの。みんなで勝手に決めちゃったのよ。私は税理士の長谷川真澄。バツイチで目下、独身。どうぞよろしく」

お茶をテーブルに置き、長谷川真澄は冬子の目を真直ぐに見て、あいさつをした。歯切れの良い口調が、いかにもキャリアの自信を感じさせる。

「町田冬子でございます。よろしくご指導をお願い致します」

冬子は立ち上がって、ていねいにおじぎをした。

大木会計事務所には、入口からすぐ目につく壁に免許状を入れた額が四つ、飾られ

ている。

所長で公認会計士の大木将郎、副所長で同じく公認会計士の大木孝太郎、税理士の長谷川真澄、同じく税理士の岡田徹の四人のものである。

上福岡市内では恐らく一番大きな会計事務所であり、近隣の市町村でも十指に入る有力な事務所であろう。

表の部屋は受け付けや相談業務や出入りする仲間の談話室のように使われ、その奥に事務机が六脚配置された業務室があり、書類棚や金庫はそこに置いてある。

他人の財産に関わる仕事をするので、その辺は厳格に区別している。

一年ほど前まで、業務補助の事務係が二名いたのだが、一名は定年退職だと言って六十歳で辞めてしまい、もう一名はステップアップを目指して、税理士試験を受験するために退職した。その後、なかなか補充ができず、大木所長の後輩である田村簿記専門学院の奥村典史教官に頼み込んだというわけである。

副所長の大木孝太郎と税理士の岡田徹は顧客（クライアント）の要請で、川越へ財務整理に行っているという。

その日は冬子の面接というより、大木所長と真澄の漫談のような茶飲み話で一時間ほど過ぎた。大木会計事務所の業務概要の役割分担表などをもらい、説明を受けた後、大木所長から給料の額が示された。手取りで二十五万円ということだった。

専門学校卒の初任給が二十五万円という額が高いのか、低いのか、冬子にはよく分からない。

「こんないい子を紹介してもらったんだから、もっと出さないと奥村君に叱られちゃうかも知れないけれど、その辺は追々に」

大木所長はすまなそうに言った。

そして、実際の勤務は四月一日からでいいこと。

三月いっぱいは自宅で自由に過ごしていいこと。

そんな話があって、冬子は大木会計事務所を辞した。

結果を学院の奥村教官に報告すると、

「いつものように粘り強く、平らな心を忘れずに頑張りなさい」

と励ましてくれた。

何もすることがないという生活も奇妙なものである。今まではいつも何かに背中を押されて生活してきたのだが、押してくれるものがなくなったら、自分で自分の背中を押さなければならない。

田村簿記専門学院を卒業した同級生の中には、ヨーロッパやアメリカへ「ブランド品の買物ツアー」に出かけたグループもあれば、ベトナム、韓国、中国へ「グルメツアー」に行くグループもあった。

冬子も何人かに誘われたが、あまりその気にならなかった。冬子にはそういう旅をする目的が見つけられなかったのだ。

外国のことを若い頃から知ることも大切なことだと思うのだが、それ以前に自分がこれから本当に生活し、仕事をする場所、即ち、自分の住む鶴ヶ島や、仕事をする上福岡のことをもっと知ることも大切なのではないかと、冬子は思うようになった。

地元のことを何も知らない自分に気がついたのだ。

⑷ ディスカバー地元

卒業旅行には行かない。それより地元のことをもっと知りたい。そう言う冬子を見て、妹の直美は大声で笑い出した。

「お姉ちゃんて、本当に変人なんだね。卒業旅行なんて一生に一度しか出来ないんだから、たとえ親のスネをかじってでも、みんな行くんだよ。どうせ親のスネをかじりついでだし、これが最後になるかも知れないんだから。

それに、親のスネなんて、子どもにかじられるためにあるようなもんなんだよ。ねえ、お母さん」

甘えた声で、そう話しかけた直美に、

「まあ、そんなものかも知れないね」

と、母の加代子も笑いながら答えた。

「お姉ちゃんの就職先だって、上福岡なんてダサイ所、私ならいくら頼まれても行かないわ。お姉ちゃんて、本当に変人よ」

揶揄と軽蔑を含んだ直美の言葉に、追い討ちをかけるように、加代子が言った。

「まったくね。卒業生代表で答辞を読んだんだから、どんなにすごい所に就職するのかと思ったら、上福岡じゃあね。何のために代表になったんだか分かりゃあしない。今の若い娘なら、渋谷だ、原宿だ、青山だって、みんな憧れるのに、そっちを断って上福岡にしたって聞いて、お母さんはもうあきれて、ものも言えないよ」

「そう？　私は近い所がいいの。朝もゆっくりしていられるし、ラッシュに遭わなくてもすむし。それに、上福岡にだって、マンションもブティックもあるし、大きなスーパーだってあるわよ。

事務所の前は公園だし、近くには市役所や図書館や大きな郵便局もあって、便利な所みたいよ」

冬子が新聞に目を通しながら、のんびりとした口調で答えた。

「まあ、冬子には冬子の生き方があるから、本人が満足ならかまわないけど。でも、たまには友だちと東京あたりへ行って、田舎のアカを落としてこないと、若いのにカビが生えちゃうよ。買い物や食事をしたり、音楽でも聞きに行ったらどうなの？」

何を言っても動じない冬子に、加代子がいらいらして言った。

「うん、そういうチャンスがあったらね」

のれんに腕押しとはこのことかと、加代子は冬子の考え方を理解しかねていた。

若い娘なんだから、気取ったり、見栄を張ったりして、少しでも自分を目立たせようとしてもおかしくない。それでなくても、自己顕示欲を持つのが若者の特権のようなものであり、社会もそれを認めている。

逆に、自己表現の出来ない子どもは、学校や社会の片隅に追いやられたり、無視という「いじめ」に遭ったりする世の中なのである。

冬子の心には、そんな社会状況は通じていないようだ。いつからこんな娘になってしまったんだろう？

（全く、冬子は可愛くない娘なんだから）

親の期待に応え、いつも親に甘える妹の直美と、つい比べてしまう加代子は、それが自分の育て方の結果だとは思い至らないようだった。

そして、二十歳にもなった娘を、今さらどうしようったって、どうにもなるものではない、と半ば諦めてしまった。

三月に入り、日差しにやわらかさが感じられるようになった。

この三月を、神様がくれた休暇だと思い、冬子は「ディスカバー地元」の旅を計画した。

地域の自治会から配布された町の地図を見て、自分が住んでいる鶴ケ島という所に関する知識を何も持ち合わせていないことに、冬子は改めて気がついた。

小学校へも、中学校へも、高等学校へも、決められた道を決められたように通っただけだった。道草をしたり、知らない道を遠回りするような冒険心はなかった。

小学校の社会科見学の授業で行った場所も、今になってみると、どこだったのかうろ覚えでしかない。

この町に越してきてから十年以上になるが、初めの五年間は母の加代子がパートで働いていたこともあって、地域の祭りや自治会の行事にも、必要最低の範囲でしか参加しなかった。

⑷　ディスカバー地元

父の信孝は文字通りの〝会社人間〟だったから、東京都内に勤める他のサラリーマンと同じで、「埼玉都民」と呼ばれる人種の一人だった。自分の家は単に寝る所であり、地域で何をやろうと、それに参加する気持ちも時間もなかった。

そんな状況であったから、同じ地域の中に、どんな人間が住んでいるのかさえ知らず、時には選挙を棄権することもあって、父親として自分の娘に政治を語って聞かせる資格も義務感も持ち合わせていなかった。

娘たちと余暇を楽しむなどという精神的なゆとりもないのが、世間一般の当り前の父親像であり、また母親像だと思っていたので、冬子自身、両親のそんな生活を不思議にも感じなかった。外観上はそれが普通の家族だと思っていたから、不満にも思わなかったのである。

白いタートルネックのセーターに、ベージュのジャケット。黒のスラックスに白いスニーカー。白い毛糸の帽子をかぶり、地図を片手に持って、冬子は久し振りに自転車に乗った。背中の黒い小さなザックには、自分で握ったおむすびとお茶が入っている。

冬子のささやかな冒険心が、後に彼女の仕事にどんなに豊かな実りをもたらすか、夢想だにせず、東武東上線の鶴ヶ島駅近くから「けやき通り」に入った。隣接する川越市を通り、「川鶴けやき通り」を出る。「川鶴」は川越市と鶴ヶ島市にまたがる新興住宅地域である。大きな住宅団地が続き、児童公園や広場が緑に囲まれている。

また、医院やクリニックの看板も目につき、小中学校、保育園、幼稚園、児童館、学童保育室など、若年齢層の住民が多いことが容易に想像できる。

冬子は鶴ヶ島高校へ通学している時、いつもこの道を通った。道路の両側に続くけやき並木の、四季折々の変化が平凡な高校生活に彩りを添えてくれた。

「川鶴けやき通り」から太田ヶ谷、三ツ木に入ると母校がある。緑が多く、畑地が続くこの地域には「埼玉県農業大学校」や「園芸試験場」、「青少年野外活動施設」などがあることでも分かる通り、昔ながらの畑地が続く農村地域である。

この農村地域を劇的に変えたのは、関越自動車道への連絡道建設であった。

「首都圏中央連絡自動車道」は通常「圏央道」と呼ばれ、農業大学校の近くにインター

(4)　ディスカバー地元

チェンジ、関越自動車道との接続地点にジャンクションができた。

巨大なコンクリートの建造物により、辺りの景色は一変し、地域の人々の生活にも大きな変化をもたらした。


冬子は三ツ木地区に入ったところで、自転車から降りた。二年前まで毎日、通い続けた道であり、見慣れた景色であったから、懐かしさも手伝って後を振り返り、圏央道を見上げた。

(なんて巨大な建造物だろう!)

冬子は改めて圏央道を右から左へ、左から右へと眺めた。白いコンクリートの巨大な塊が、これ見ろとばかりに辺りを威圧しているようだ。

そんな圏央道を見上げているうちに、冬子は自分が道端を恐る恐る歩いているアリになったような錯覚に陥った。

人間が造り出したこのような景色は、アリの眼からは一体、どのように見えるのだろうか。住んでいた周囲の変化を、アリは何も感じずに受け容れているのだろうか。

高速道路を自動車で走っている人間は、スピードを競いながらひたすら目的地に向かって行く。事故に巻き込まれないように気をつけ、周囲の車に気を配り、前を見ながら走る運転者にとっては、ただ走ることだけが唯一の仕事である。道路にそれ以外の期待を持たないのが当事者感覚であろう。

ところが、その高速道路をこうして外側から眺めると、全く別な感慨にとらわれる。それは、道路の端でひっそり暮らすアリの感覚ではないか。

直径二メートルもありそうな主柱の上に、まるで白い大蛇が横たわっているようにも見える。白い大蛇がのたうちまわり、いつかアリのような人間に襲いかかってくるのではないかと思えて、冬子は背筋が寒くなってきた。

(否、そんな馬鹿なことはない。賢明な人間が近代技術の粋をこらして造ったものだもの、そんなに恐ろしいことが起きるはずがない)

そんなことを考えて、冬子は道端に自転車を止めたまま、じっと圏央道を見上げていた。

　どのくらい時間が経ったのだろうか。

「おねえさん、おねえさん、どうしたんだい。さっきから声をかけているのに、気がつかないで……」

　ポンと肩をたたかれ、冬子はハッとわれに返った。

　間近に作業用の帽子をかぶり、グレーの作業服を着た七十歳過ぎと思える老人が笑いながら立っていた。

「あっ、はい。すみません。お邪魔してすみません」

　冬子は身を小さくし、慌てて自転車をさらに道の端に移動させた。

「いや、いや、お邪魔なんかしていないよ。ただ、あんまり長いことこんな所で立っているから、どうしたのかと思ってね。どこか体の具合でも悪いんかね？」

　老人は心配そうに冬子の顔をのぞき込み、やさしい口調で尋ねた。

「い、いえ、どこも何ともありません。どうもすみません。ただ、圏央道を見ていたら、ちょっと……」

冬子が口ごもると、

「圏央道を見上げていたら……？」

次の言葉を促すように、老人が冬子に問いかけた。

「圏央道がまるで足のある白い大蛇みたいに見えてきて、足がすくんでしまいました。ヘンですよね、私って。ご心配をおかけしてすみませんでした。もう大丈夫です」

冬子は白い毛糸の帽子をとり、ペコリと頭を下げた。老人はそんな冬子の顔をまじまじと見ながら、

「圏央道が白い大蛇に見えたって？　ふうん、おねえさんは面白いことを言うね。その話、もう少し聞きたいね。どうかね、ちょっとウチに寄っていかんかね。このすぐ近くで、ばあさんと二人暮らしだから、誰にも遠慮はいらないんでね」

老人の突然の誘いに、冬子は驚いて、

「いえ、そんな。そんなお邪魔をしては申し訳ありませんから、これで失礼します」

尻込みする冬子に、

「いやいや、お邪魔なんかじゃないよ。遠慮せんでウチに寄って、ばあさんにもおね

えさんの白い大蛇の話を聞かせてやってくれんかね。ウチはすぐそこだから」

熱心にそう言う老人が指差す方を見ると、畑の中に大きな家が建っている。農家独特の灰色の瓦屋根の端が竜宮城のようにはね上がっていて、堂々としている。

畑の真ん中には一〇〇メートルほどの距離の道が玄関に向かって延びており、庭の入口に小さな門がある。

畑の中には濃いピンクの花をつけた一本の木と、白い花をつけた木が三本、陽光を受けて立っている。二階建てのがっしりした家の裏側には、防風林のような屋敷林がひかえている。

老人は冬子の自転車のハンドルに手を添えて、自分の家の方に引っ張り、歩き出した。

冬子は戸惑いながら自転車を老人に誘導されるまま、道路から畑の中の道を通り、門を入って農家の庭までついて行った。

「ずい分、大きなおウチですね」

冬子が思わずつぶやくと、

「百姓だからね。この辺の百姓の家はみんなこんなものだよ。ずっと昔からの百姓だからね、この辺は」

老人は「ずっと昔から」の所に力を入れて話しながら、家の玄関に向かって呼びかけた。

「おーい、ばあさん。お客さんだよ、お客さん！」

老人の大きな声に応えるように、家の中から、

「へえ、お客さん？　おじいさん、今、お客さんて言ったですかね？」

声と同時に、玄関の戸が開いて小柄な白髪の老婦人が顔をのぞかせた。

「あれ、まあ、本当だ！　おじいさん、そんな若い娘さんを連れてきて、一体どうしたんです？」

老婦人は冬子の顔を見て、ビックリした表情をした。

「まあ、まあ、話は後でするから、縁側にお茶でも出してくれんか。珍しいお客さんだでな」

老人はそう言いながら、冬子を玄関の左側に導いた。大きな三枚のガラス戸の奥の障子が開けられ、老婦人が縁側のガラス戸の鍵を開け、左右に広げた。

「どうぞ、娘さん、遠慮しないで縁側にかけて下さい。あ、この座布団を敷いてね。若い人が冷えてはいけないから」

老婦人は木目が見事に磨き込まれた縁側に、赤茶色の厚い座布団を出し、冬子にすすめた。

「ありがとうございます。突然、お邪魔してしまいまして、本当に申し訳ありません」

冬子は帽子をとり、リュックを下して、改めて老婦人におじぎをした。老婦人はそんな冬子の姿を珍しそうにジッと見つめた。

近頃の若い人には見られないていねいな冬子のあいさつに、

「まあ、まあ、ごていねいに。どうぞ、おかけ下さい。よく来てくれました」

冬子は黙っておじぎをし、老婦人がすすめてくれた座布団に腰を下ろしてリュックをひざに抱えた。

広い庭と野菜畑を眺めながら、畑を耕し野菜を育てている老夫妻の姿を想像してみたが、実感として迫ってこない。作っている野菜はネギと葉物だが、冬子はネギより他の葉物の名前を知らない。作る人間と、買って食べるだけの人間の差の大きいことに気がつかざるを得ない風景だと思った。

畑の中の濃いピンクの花。あれは何という花だろう。梅では遅いし、桜では早過ぎる。冬子の視線に気がついたのか、老婦人が言った。

「あれはカンヒザクラって言ってね。〝寒い緋色の桜〟って書くのよ。まだ若木でね、ちょうどあなたくらいの年ですかね。こんなに寒くても、ああしてきれいに咲いてくれるんですから、けなげな花よね。梅と桜のちょうど真ん中辺で咲くのよ。ひょっとして、目立ちたがり屋なのかしらね？」

老婦人が笑いながら冬子の顔を見つめた。

「本当ですね。でも、寒くてもあんなに鮮やかな色で咲くんですね。寒緋桜ってすごいですね」

冬子と老婦人が庭を見ながら話していると、老人が紺色のセーター姿で部屋の奥から現れた。陽焼けした顔に、白髪まじりの頭髪を手で整えながら老婦人の隣に座った老人は、紺色のセーターがよく似合い、先程よりも若く見えた。

「悪かったね。無理矢理こんな所に連れて来ちゃって。いやいや、本当はね、ばあさんと二人きりの生活なもんで、急に若い娘さんの声が聞きたくなってね。アハハハ」

いたずらっぽく笑った老人の深いシワで囲まれた眼元が、やさしく冬子に向けられた。

「えっ、声が聞きたかったんですか？」

冬子が驚いて老人に問い返すと、お茶を入れていた老婦人が、手を止めて言った。

「そうなんですよ。毎日、老人二人だけで生活していると、若い人の声を聞くって言っても、テレビの中だけですからね。たまにはナマの若い人の声が聞きたくなっちゃうんですよ。

それに、近頃のテレビで若い人が話すのを聞いても、よく分からないのよ。早口で、ヘンな日本語でしょ。齢をとるっていうことは淋しいものですよ。言葉ひとつとっても、世の中から置き去りにされちゃったみたいに感じてね。おかしいでしょ？　こんなことを言うと、若い人に嫌われるわね。ウフフ」

冬子は老婦人の話の「ナマの声」という言葉に、思わず吹き出してしまった。

ナマの声。確かに、テレビばかりが相手では「ナマの声」にはなかなか接しられないだろう。かと言って、理由もなく若い人に話しかけたり、若人の集団に老人ひとりが入り込むのも難しい世の中である。

冬子は老人二人だけの生活を想像しながら、老人と老婦人の顔を見た。そして、「ナマの声」という言葉のおかしさに、三人は互に顔を見合わせて笑い合った。

まるでずっと以前からの知り合いのように……。

「ところで、白い大蛇の話だがね。どうして圏央道が白い大蛇に見えたんだろうね」

老人に改めてそう尋ねられた冬子は、口ごもりながら言った。

「私、この近くの県立高校に自転車で三年間、通っていたんです。だから毎日、圏央道の下をくぐっていたんですけど、時間に追われて通っていましたので、今日までは何も感じないでいました。

久し振りに自転車で通りかかって圏央道を見上げたら、急に恐いような気持ちになって。人間てすごいものを造るものだなあと思ったんです。けど、この圏央道の下にはカエルだとかちょうちょだとかいろいろな動物が住んでいただろうに、その動物たちはどこに行ったんだろうとか考えていたら、圏央道が大きな蛇になって襲いかかってくるような気がしたんです。

こんな話、ヘンですよね。ただの道路なのに、そんなふうに思うなんて」

恥ずかしそうに話す冬子の姿に、老夫婦は顔を見合わせてうなずき合った。

「そうかね。若い人は高速道路ができればみんな喜ぶとばかり思っていたけど、アンタは珍しい人だね。……実はね、私らも同じような思いを持っているんだよ。人間がこんなにやりたい放題に自然を蹂躙しては、いつかきっとシッペ返しがあるんじゃないかってね。

私らのご先祖が千年以上も前から開拓したこの土地を、否応なく取り上げて、こんなバカでかいものを造っちゃって。ご先祖に申し訳ないと思っているんだよ。結局は私らが負けて、こんなものを造らせちゃった訳だから……なあ、ばあさん」

「本当にね。あの土地を手離す時はつらかったですよね。先祖代々、土と一緒に生きてきたんですからね」

自分の話が発端になって急にこんな深刻な話になり、冬子は少し慌てた。老夫婦にあまり楽しくないことを思い出させてしまったようだ。

「あれあれ、ごめんなさいね。こんな話になっちゃって。若いあなたには関係ないことだったわね。でも、つい誰かに聞いて欲しくなっちゃうのよ。老人の愚痴だと思って忘れてちょうだい」

老婦人は湯呑み茶碗のお茶を入れ換え、冬子にすすめた。冬子は黙っておじぎをし、老婦人の手許を見ていた。農作業をしている陽焼けした手ではあったが、お茶をすすめる所作は、冬子の目から見ても洗練されていて無駄がなかった。

(きれいな手つきだなあ)

冬子はそう思った。

「ああ、そろそろお昼じゃないか。おねえさん、ウチで一緒にお昼を食べていかないかね。久し振りのお客さんだ、なあ、ばあさん」

突然、老人が言い出して老婦人の顔を見た。

「いえ、とんでもありません。私、おむすびを持ってきましたから、高校の隣の公園で食べますので、これで……」

冬子はリュックを片手に、立ち上がった。

「そりゃあちょうどいい。じゃあここで食べていきなさい。高倉池もいいけど、ばあさんご自慢の白菜漬けでも食べてやってくれ。なあ、ばあさん」

老人からそう言われて嬉しそうに微笑む老婦人の顔を見たら、それでも強いて辞去することが出来なくなり、冬子はまた縁側に腰を下ろした。

少しずうずうしいように思ったが、ちょっと去り難い気持ちもあり、ことの成り行きに任せた。


結局、冬子は持参したおむすびを老夫婦の家の縁側で食べた。そして、白菜漬けとキンカンの蜂蜜漬けをご馳走になった。

老婦人手作りの白菜漬けは塩加減も程良く、実においしかった。こんなにおいしい白菜漬けを食べたのは初めてだった。いつも母の加代子が食卓に出す漬物は、スーパーで買ったものだ。

　これが本当の白菜漬けの味なのかと思いながら、冬子はすすめられるままに、遠慮なく箸を運んだ。いかにもおいしそうに白菜漬けを食べる冬子に、老人と老婦人は嬉しそうに目を細めた。

　キンカンの蜂蜜漬けを食べるのは初めてだった。口の中で甘味と酸味が溶け合い、舌の上で柔かく崩れてのどの奥に流れ込んで行く。高校時代に通学路から住宅地の庭に黄色く実ったキンカンを見たことはあったが、それをこのように手をかけて食べるとは知らなかった。

「おいしいですね、このキンカン。香りも良くて」

　冬子が老婦人の顔を見て言った。すると、

「そう？　そう言ってもらうと、おじいさんが喜ぶのよ。ねえ、おじいさん」

と言って、老人の方を冗談ぽく見て笑った。

「それはそうだ。わたしのキンカンは特製だからね。そんじょそこらにはないよ。これだけはずっと昔からわたしの役目だからね。ところで、白菜はどうかね。ばあさんのご自慢なんだがね」

　そう言われて、冬子は慌てた。

「ええ、勿論おいしいです。すごくおいしいです。こんなにおいしい白菜漬けを食べたのは初めてです。いつもスーパーで買った白菜漬けを食べていますから」

「ほう、すごくおいしいかね。それは良かった。いくつになっても誉められるのは嬉しいね、なあ、ばあさん」

　二人はいかにも嬉しそうに顔を見合わせて笑った。

　そんな老夫婦のなごやかにいたわり合う姿を見て、冬子は急に胸にこみ上げてくるものを感じた。

（どうして、このご夫婦は、こんなにやさしいのだろう？　どうしたら、こんなに幸せそうな表情になれるのだろう？）

　うつ向いた冬子の膝に、涙がポツリと落ちた。冬子は慌てて目頭をおさえた。

　老夫婦は驚いて冬子の顔をのぞき込み、心配そうに言った。

「おや、どうした？　何か気にさわることでも言ったかな？」

「いえ、違うんです。何だか胸がいっぱいになってしまって」

この気持ちを、どのような言葉で表現したら良いのか、冬子には言葉が見つからなかった。

「胸がいっぱいになってしまうようなこと、何か言ったかしら？　気にさわるようなことを言ったのだったら、ごめんなさいね」

老婦人は真剣な眼差しを冬子に向け、軽く頭を下げた。冬子はますます困惑して、

「いいえ、本当に違うんです。お二人があんまり仲良くて幸せそうに見えたものですから……感激しちゃったんです。私って本当にヘンですね。ごめんなさい」

もう一度、指先で涙をぬぐい、冬子は老夫婦に深く頭を下げた。

冬子は初めて会った老夫婦の前で、自分でもはっきり説明のつかない涙を流してしまった。それが急に恥ずかしくなり、持参したおむすびを一つ残したまま昼食を終えて帰り仕度をした。

これ以上長居をすると、また涙が出てきそうな気がしたからだった。

「今日は本当にありがとうございました。突然、お邪魔してご馳走さまでした。

⑷　ディスカバー地元

私は町田冬子と申します。鶴ヶ島駅近くの住宅地に住んでいます。四月からお勤めが始まるもんですから、この休みを利用して少し鶴ヶ島のことを知りたいと思って、通学路を通って母校に行こうとしていたんです」

「母校の鶴ヶ島高校はどんな学校だったのかね？」

「はい、比較的静かな学校だと思います。学校の周囲も静かですし。でも私、三年間あんまり一生懸命勉強しなかったんです。それでも何だか懐かしくなって」

「そうかね、あの学校の辺りも高倉地区だね。ウチの名前と同じで……」

「それでは、こちらは高倉さんとおっしゃるんですか？」

「そうなんだよ。遠い先祖がこの地に住みついてから、ずっと高倉福敬という名前を継いでいるんだがね。それも、わたしらの代で終わりになりそうだけど……」

そう言って高倉福敬老人は淋し気に笑って老婦人の顔を見た。

「あの子さえ生きていてくれれば……ね」

老婦人も淋し気に冬子の方を見た。

子供を失くしたらしい高倉夫妻の姿に、冬子は何も言うことが出来ず、ただ黙って頭を下げた。高倉夫妻に重ねてお礼とお詫びを言い、別れのあいさつをした。

「またこの辺に来たら、ウチに寄ってちょうだい。お仕事も頑張ってね」

高倉夫妻のやさしい言葉が胸にしみた。


それから自転車に乗って、冬子は母校の鶴ヶ島高校に向かった。学校の入口の右側には池尻池があり、左側には機材置き場とその奥に区分けされた家庭菜園がある。その真ん中の道を学校の正面玄関の方に曲がった。校舎の右隅の教室から勇壮な太鼓の音が聞こえてきた。太鼓部が練習しているのだ。

二年前、「卒業生を送る会」で、太鼓部の一、二年生が全身の力をふりしぼって演奏してくれた。その時の腸にしみ渡るような太鼓の響きを思い出して、冬子は自転車を止めて聞き入った。

演奏が一曲終わったので、冬子は学校の校門の前を通り右側に曲がった。青銅色のプール棟と特別教室棟が見える所で自転車を止めた。

プール棟の下の自転車置き場には、十台ほどの自転車が置かれているだけだった。

（ああ、今日は土曜日だった。だから自転車が少ないんだ）

冬子の在学中、ウィークデーの自転車置き場は満杯状態で、帰宅が早い日には自分の自転車を引き出すのに苦労したものだった。

特別教室棟の方には人の気配がなく、静かだった。書道クラブの部屋は三階の真ん中辺にあった。その部屋の辺りを眺めながら、冬子は書道部の活動に明け暮れた日々を思い出していた。

「町田君の字は正確だが、他人の心を動かすものがないんだなあ。もう少し自分の気持ちを込めなくちゃあ、賞は獲れないよ」

指導教諭の声が胸に甦った。

⑸ 地元の歴史

見た人に感動を与えるような字を書くように、と書道部の指導教師から言われ続けて、三年間の高校生活を終えた冬子だった。

(私って本当に平凡な高校生活を送ったんだわ。でも、それしか出来なかったんだから、仕方がない)

他校の男子はおろか、自分の学校の男子に声をかけられることもなく、誰かと噂になることもなかった。友人と言えば、書道部のおとなしい女の同級生くらいだった。それでも冬子は高校生活を嫌だと思ったことはないし、今も後悔はしていない。

誰もいない校庭を眺め、帰り際に再び太鼓部の練習に耳を傾けながら、自転車を引いて池尻池公園の中に入って行った。高校時代にも二、三度、公園に入ったことはあったが、ゆっくり池を見たことはなかった。池のほとりの梅の花は半分以上散っていて、代わりにこぶしの花が三分咲きになっていた。季節は少しずつ動いているのだ。

⑸　地元の歴史

冬子は池の端近いベンチに腰を下ろした。そう言えば、この池尻池は別名を「高倉池」と呼ばれていて、先程、高倉夫妻も高倉池と言っていたことを思い出した。母校の所在地も「高倉」である。高倉家はこの地名と何か関係があるのだろうか？

フッと高倉夫妻のことを考えた。それにしても、何故、高倉夫妻の前で涙を流してしまったのか。場所柄もわきまえず、初対面の老夫婦を驚かせてしまった自分を冬子は責めた。

（こんなことで、私は社会に出てちゃんと仕事が出来るだろうか）

冬子は不安と、自分に対する不信感にも似た感情が胸に満ちてくるのを感じながら、池の面にぼんやりと目をやった。

水に首を突っ込み、お尻を上げて餌を探している鴨の群。のんびりと池の端で体を休めているアヒル。池の真ん中の二つの小さな島には、その広さに不釣り合いな大きい木が枝を張り、根元には笹が茂っている。よく見ると、笹の中にも鴨がもぐっていて、池を泳ぎ廻る仲間を見ている。

（アヒルや鴨にも悩みがあるのだろうか？　仲間の中に私みたいにヘンなのもいるの

だろうか？　高倉夫妻みたいに仲の良いおしどり夫婦もいるのだろうか？）

とりとめのないことを考えながら、斜め向かい側にあるベンチに目をやった。そこに小さな袋のような物が置いてある。辺りには他に人影はない。誰かの忘れ物か、それとも捨て忘れたゴミだろうか。

冬子がベンチに近づいて見ると、それはベージュ色をした皮製の小さなポシェットだった。ベンチの色に似ていたので目立たなかったのだが、肩から斜めにかける紐の付いたポシェットだ。

（誰かが忘れていったんだわ、きっと。世の中には私と同じようにぼんやりした人がいるんだわ）

そう思うと、冬子は少し気が楽になり、高倉派出所に届けようと帰り仕度をした。置いてけぼりにされたポシェットを自転車の前かごに入れ、

「もうすぐ持ち主の所に戻れるからね」

冬子はそうポシェットに語りかけ、一人で笑いながら池尻池を後にした。

池尻池から右に出て、広い道路を直進し、信号を右折すると高倉通りだ。

高倉通りの左側には道路から玄関まで一〇〇メートル近くも庭がありそうな大きな農家が並んでいる。中には道路から玄関までの間に立派な中門のある家もある。どの家も大きな構えの家である。この辺りの農家も高倉家と同じように昔からこの地に住みついた人々なのだろうか？

大きな農家が並ぶ前の道を行くと左奥にこんもりとした林があり、入口に大きな鳥居がある。冬子は何気なくその鳥居の中に自転車を引いたまま入った。

そこには古い看板が立っていた。

高倉の獅子舞
市指定無形文化財（昭和四十九年十一月一日指定）
日枝神社の秋祭りに高倉の獅子舞が行われる。この獅子舞は遠い国から訪れた強力な神が、村人の幸福を守るために悪霊・悪疫を退散させてくれると言われている行事で、村人にとっては国家安泰・天下泰平・五穀豊穣などを祈る行事でもある。高倉の獅子舞は江戸時代から引き継がれている伝統ある行事で、昭和四十九年に、最初に鶴ヶ島市の文化財に指定された。その構成は万灯・天狗・花笠・はいおい（軍配を持って獅子を先導する）・前獅子（男獅子）中獅子（女獅子）・後獅子（男獅子）などで、ほら貝を合図に数人の笛吹きと歌うたいに合わせて登場する。

花笠は女装した「ささらっこ」と呼ばれる童人四人が花笠をかぶり、「ささら」という楽器を奏でながら舞に参加するので、特に「ささら獅子」とも呼ばれている。

市内に数ヶ所あった獅子舞も、現在は高倉の獅子舞が唯一のものとなってしまい、たいへん貴重な伝統芸能である。

平成六年六月三十日　　鶴ヶ島市教育委員会

冬子は、こんな所で獅子舞が行われていたことなど全く知らなかった。

そこで今朝、家を出る時にカバンに入れた『鶴ケ島の文化財』というパンフレットの案内図を見た。それによると、この日枝神社の付近には「高倉高福寺」「高倉当貫遺跡」「高倉新右衛門遺跡」「高倉お墨つき稲荷」「高倉地蔵菩薩」「高倉おかねが井戸」「高倉池尻池」など「高倉」と名前のつく遺跡や文化財が数多くあることが分かり、冬子は改めて驚いた。そして、パンフレットの案内図を頼りに、今来た道を少し戻り、「高倉高福寺」にも行った。

高倉高福寺不動明王画像

市指定有形文化財（絵画）

昭和六十一年一月二十三日指定

「高倉高福寺」は今は廃寺になっているが、昭和五十九年に高福寺跡にある不動堂から掛け軸が発見された。それには、絹地に制多迦童子を両脇に従えた不動明王が描かれていた。

製作年代は鎌倉時代にさかのぼり、部分的には平安時代の技法も感じ取れる。県内でも最も古いものの一つで、作品としても極めて価値の高いものである。

現在は埼玉県立博物館に保管されている。

また、高倉地域から少し離れた所にある「白鬚神社」については次のような脱明がある。

白鬚神社

白鬚神社の祭神は武内大神と猿田彦命で、本殿裏手には県指定天然記念物でご神木のけやき（樹齢九〇〇年余）がある。奈良時代に武蔵国開拓のために来住して高麗郡を開いた高句麗人たちが勧請した神社である。

雨乞い行事の蛇体はここで製作され、神事ののち雷電池へ向かう。

冬子はしばし茫然と白鬚神社の木陰にたたずんでいた。

こんな身近に多くの文化財があったことを全く知らなかった自分にガッカリした。

でも、「ディスカバー地元」を続けようと自らを励ますように自転車に乗った。

冬子はしばらく自転車で走った。鶴ケ島市役所から真直ぐにきた道路とT字につき当たる角に高倉派出所がある。

派出所をのぞくと、若い巡査が椅子にかけてのんびりと外を見ていた。ベージュのポシェットをその巡査に預け、型通りの手続きをして、冬子は家路についた。

かすかな上り坂を市役所の方角に向かってペダルを踏んだ。道路の右側に女性センター「ハーモニー」と「保健センター」の標色が出ている。さらに行くと日光街道との交叉点に出た。

（どうして、こんな所に日光街道があるんだろう？）

などと思いながら、左側の方を見ると、「鶴ヶ島市社会福祉協議会」「教育センター」「シルバー人材センター」「遺跡調査会文化財整理室」などの標色がある。この辺りには鶴ヶ島の公共施設が集まっているのだ。鶴ヶ島市民と言っても、自分に関係のない場所には全く無関心で過ごしてきたことに、冬子は改めて気がついた。

市役所入口という標色のある大きな交叉点を過ぎると、右側に赤褐色の市役所が目に入る。小学生の時、社会科見学で一度は来たはずだったが、どの方角から来たのか記憶になかった。

次には市役所や図書館にも行ってみようと思いながら、「高徳神社」の信号を右に曲がり、圏央道の下をくぐってひたすらペダルをこいだ。そして、やっと見慣れた川鶴けやき通りにたどりついた。ほっとした気持ちでのんびりと家に向かった。

「ディスカバー地元」の第一日目だったが、この一日がひどく長く感じて、家の玄関を開けた時、冬子はどっと疲れを覚えた。

「ただ今」

居間にいた母の加代子にあいさつをすると、加代子はテレビに目をやったまま、

「ああ、お帰り」

と一こと言っただけだった。

今日はどこに行ったのとか、何か珍しいものでも見つかったのとか、何か尋ねてくれることを期待していた冬子は、いつもの加代子の無関心な態度に、自分からも報告

しようという意欲を失くしてしまった。

疲れも手伝って、冬子は無言のまま二階の自分の部屋に行き、リュックを下ろしてベッドに倒れ込んだ。このまま眠ってしまいたい気分だったが、神経の興奮がまだ治まっていないのか、なかなか寝つけない。

天井の木目を追いながら、冬子は高倉夫妻のやさしい微笑みを思い出していた。

老夫婦の互に思いやる姿を見て感動した冬子だったが、自分が流した涙はただそれだけが原因だったのだろうか、と自分の涙の意味がどうしても分からないまま、また自己嫌悪に陥った。

（そうだ、手紙を書こう。そして、高倉夫妻を驚かせてしまったことを謝ろう。確か高倉福敬っていう名前だったわ）

今時、手紙を書くなんて、あまり流行ない話である。若い人は携帯電話で簡単にメールのやり取りができるし、パソコンでメールを送ることは仕事上でも不可欠だ。

冬子だって、携帯電話を持っているし、パソコンも使える。それは、これから就職する人間にとって必要不可欠の所持品であり、技能である。しかし、残念ながら、携帯の番号を教え合うほど深いつき合いの友人もいないし、頻繁にメールのやり取りをしたいと思う恋人もいない。

電車通学をしている時、電車に乗ったとたんに、携帯でメールを始める同年輩の人たちがいたが、冬子はそれほどメールに熱中することも執着することもなかった。

かなり高額の携帯料金を親に払わせて得々としている妹の直美を見ていると、その上に自分の料金まで親に払わせようとは思えない冬子だったのだ。

「直美は友だちも多いし、付き合いも広いから仕方がないね」

と、母の加代子は言うのだが、決して余裕があるとは言えない町田家の家計である。だから、自分が就職して給料を貰うようになったら、いくらでも使おうと冬子は考えていた。

しかし、そんな家庭の状況とは関係なく、字を書くことを少しも億劫に感じない冬子は、ごく自然に手紙を書こうと思ったのである。

階下の居間にある電話台の下に重ねられている電話帳で、高倉夫妻の住所を調べてみることにした。

近頃の電話帳はいろいろな仕分けがしてあり、一冊が薄くなっている。川越・鶴ヶ島・坂戸・東松山市版の「五〇音別個人名」のハローページを見つけてページを繰った。鶴ケ島市のページは三十ページほどだったので、「高倉」姓を探すとすぐに見つかった。「高倉福敬」の名前があったが、意外にも高倉姓は一人しかいなかった。

高倉という地区名があるのだからもっと沢山、高倉姓があるかと思った。住所は高倉一丁目一〇番地で、覚えやすい数字だった。ついでに電話番号もメモしておいた。

「電話帳なんか開いて、誰かに電話でもするの？　あんたの方から電話をするなんて珍しいじゃないの。何しろ、高校時代も専門学校時代も、あんたにきた電話は数えるほどしかなかったからね。それもみんな女の子ばかりでさ。私は、あんたは男嫌いなのかと心配になっちゃったわよ」

と、母の加代子が冗談ぽく言う。

「うん、今日ね、知らないお宅でご馳走になっちゃったの。だから、お礼の手紙を出そうと思って、住所を調べたの」

そう冬子が言うと、加代子は目を丸くして頓狂な声を出した。

「へえー。知らない人の家でご馳走になるなんて、あんたにしては大事件じゃないの。直美なら誰にでもすぐに声をかけられてもおかしくはないけど、あんたに声をかけるなんて、その人、よっぽど変わった人だね」

「私もそう思う。しかも、老夫婦だから」

加代子はさらに目を丸くして、

「えっ、若い人じゃないの？　老夫婦？　何なの？　その夫婦って」

「うん、私にもよく分からないのよ。ただすごく仲が良いの。お互にいたわり合って、何て言ったらいいのか……」

「ふうん。老夫婦ね。なんだ、それじゃ心配することないわ。私はまた若い男にでも声をかけられたのかと思ってさ。どんな男かちょっと心配になったのよ。一応、あんたは嫁入り前の娘だし、世間知らずだからね。年寄りじゃあ何も心配することないわ。しかも夫婦じゃあね。まあ、あんたらしいと言えば、あんたらしいけどね」

加代子は急に興味が失せたように、冬子に背を向けて、テレビに目をやった。冬子も、それはそうだろうと思いながら、メモを持って二階の自室に戻った。

⑹　市民の生活

二日後、冬子はまたおにぎりを作り、水、キャンディー、オレンジなどをリュックに詰め、自転車ででかけた。今日は市役所をのぞいてみようと思った。

市役所に着くと、正面玄関の前にバス停の標識が二ヶ所あった。どうやら市内循環のシャトルバスの停留所のようだ。冬子はちょっと興味を持って、予定時間表をのぞいて見た。

出発時間までにはあと二十分ほどあるが、杖をついた高齢の男性がもう待っていた。

冬子は自転車置き場に自転車を預け、リュックを背負って市役所の中に入った。

大勢の人がそれぞれの窓口に並び、カウンターの中の職員たちが忙しそうに応待している。

子供を連れた若い母親。高齢の女性を後から支えるようにして待っている中年の女性。何やら声高に職員に抗議している初老の男性。庁内案内所では二人の職員が市内の地図を示して三人の女性グループに説明している。

冬子も女性グループの後から職員の説明を聞き、配られた資料をもらった。それには「数字で見る鶴ヶ島」と書いてある。「数字」という部分に気持ちが動いて、すぐにそれを開いてみた。それによると、

平成十三年（二〇〇一）四月一日現在
鶴ヶ島の人口　六万七二三八人
その内　男　三万三七六九人
　女　三万三四六九人
世帯数　二万四五五一人

（へえー、これは昨年の統計だ。私は六万七二三八分の一で、わが家は二万四五五一分の一なんだ。人間一人なんて、小さな存在なんだなあ）

冬子はそんなことを考えながら、玄関前のバス停にとって返した。既に七人ほどの人が並んでいた。ほとんどが高齢者だ。

（みんなどこに行くのだろう？）

冬子は先程もらったもう一つの資料を見た。「市内循環バス（ふれあい号）通過予定時刻表」だ。

シャトルバスには「東コース」と「西コース」の二コースがあるようだ。両コースともAからJまでは同じ順路をたどり、その後、市の西地域と東地域に別れるらしい。西コースは冬子の住宅団地の近くを通るようだ。

自分が住んでいる所をバスから眺めてみるのも面白いかも知れない。そう思いながら時刻表の上部を見て驚いた。そこには市役所から若葉駅まで、二十分間隔でバスが運行されている「朝・夕便」の時刻が書いてあったのだ。朝は六時から八時十八分まで、夕便は午後五時二十七分から七時二十六分までである。

市内に高速道路が通り、一般道も拡幅されて住宅地は広がったが、バス会社の運行経路縮小のために東京方面への通勤通学の足が奪われた結果なのだろう。駅周辺の駐車場に高額の駐車料金を払うよりは、このシャトルバスを利用した方が経済的だ。

そんな市民の要望が朝・夕便のシャトルバス運行につながったのだろう。駅近くに住む冬子には想像したこともない現実だった。


その日は市役所の中をゆっくり見学し、帰宅してから、市役所でもらった色々な資料に目を通した。

詳しく見ると、市役所発のシャトルバスには西コース・東コース・右回り・左回り・朝夕便とあるのだが、どんな人たちがこのシャトルバスを利用しているのかを知りたくて、冬子は一日に一コースずつ全部のコースを経験してみようと思った。

たとえ高校時代に通い慣れた道路ではあっても、車窓の外の景色を地図に当てはめながら見ているうちに、きっと小さな発見をすることもあるに違いない。同じ場所の同じ建物でも、別の方角から見ると、全く異なった景色や形に変化して見えて、驚くこともあるだろう。

⑹　市民の生活

三月下旬、若葉駅と坂戸駅行きの朝便のバスに乗るためにいつになく早起きした冬子は、自転車をこぐ足が疲れる程急ぎ、市役所に着いた。

ギューギューづめのバスに乗り、二つの駅で下車する人のほとんどは東京方面に向かうのだろう。

バスから降りるとみんな小走りで駅舎に向かう。寒の戻りなのか、三月下旬と言っても寒い朝もあり、先を急ぐ人々の吐く息が白く見える。

一番最後にバスから降りながら、

(もし、私も東京の有名な監査法人に就職していたら、今頃はもう、この人たちと同じ電車でもみくちゃになりながら通勤していたかも知れない)

と考えると、近い所に職を得て、三月中のあいた時間を使ってこんな気楽なことをしている自分を、

(やっぱり、私って変人なのかしら?)

と思ったりした。

そして、専門学校時代に、五十代のちょっと風変わりな社会科学の講師の先生が言った言葉を思い出した。

「九十九パーセントの人が言ったりやったりすることに対して、何の疑問も感じない人は〝普通の人〟ですね。

逆に九十九パーセントの人が言ったりやったりしないことをする人は〝奇人・変人・ヘソ曲り〟か、それとも〝勇敢な人〟か〝天才〟ですね。

さあ、皆さんは自分をどちらに属する人間だと思いますか？」

と、冗談とも本気ともつかない調子で、目をしばたかせて言ったことを思い出したのだ。

それと言うのも、今朝の出がけに、妹の直美から、

「お姉ちゃん、こんなに早くどこに出かけるの？　仕事でもないのに」

と尋ねられたのだ。

「うん、ちょっと朝便のシャトルバスに乗ってみようと思って、市役所まで行くの」

「通勤ラッシュの疑似体験でもしようってこと？」

「疑似体験？　ああ、そうね、そういうことにもなるかも知れないわね」

　冬子がいつもの調子で何気なく答えると、直美がきつい口調で言った。

「お姉ちゃんて、無神経ね。こんな早朝のバスに乗る人たちは、それから東京の職場に着くまで二時間近くも超満員の電車にもまれながら、命がけで通っている人が多いんじゃないの？　それも毎日だよ。それなのにお姉ちゃんたら、遊び半分の疑似体験だなんて！」

　直美がそこまで言うと、台所で朝食の後片付けをしていた母の加代子も、

「直美の言う通りよ。いくら時間があるからって、いい加減にしなさいよ。昨日も、近所の奥さんから、お宅のお姉ちゃんはフリーターなの？　なんて言われて、言い訳するのに苦労したわよ」

　と、いかにもウンザリしたような調子で付け加えた。

「えっ、フリーターって、どういうこと？　私だって……」

「他人から見れば、そう見えるっていうことよ。決まった時間にきちんと家を出て、電車に乗って、仕事をして、夕方になったらきちんと家に帰って来る。それが普通のＯＬの生活だからよ！」

加代子は冬子の言葉を遮り、被せるような強い調子で言った。

「私だって四月一日からはそういう生活をすることになると思うけど、その間にちょっとこの町のことを知りたいと思っただけなの」

冬子はそれだけ言うのが精いっぱいだった。

直美と加代子から皮肉を込めて批判された言葉が、冬子の耳から離れなかった。

（そう言われれば、そうかも知れない）

自分の行動が家族にも理解してもらえなかったことで、冬子は重い気持ちになった。それでも「ディスカバー地元」の旅をやめられなかった。東京方面に働きに行く人が、職場に着くまでどんなに苦労しているか、それを知っただけでも大いに勉強になったと冬子は思ったのである。

特にバスから降りて駅に向かう人の中に、お腹の大きい女性がいるのに気がついて驚いた。もし、この妊娠している女性が、早朝バスから更にギューギューづめの電車に乗り換え、駅の階段を上り下りしてやっと職場に着く頃には、お腹の赤ちゃんにだって何かの影響が出るのではないか。流産でもしたら、それこそ〝命がけ〟の通勤ということになる。妹の直美が言ったことは正しい。

そんな思いをしながらも、働く女性が増えているのだ。確かに、自分の考えは甘く、やっていることは〝無神経〟だと言われても反論は出来ないと冬子は思った。

それでも、一度始めたことをやめられない自分を、どう考えたら良いのか分からなかった。それは母や妹の批判に対する「反抗」でもなければ「意地」でもなかった。ただ、社会に出る時を前にして、心もとない自分に何かが欲しかったのだ。

最後に行ったのが図書館だった。しかも所在地が「高倉」地域である。図書館は市役所から五分くらいの所にあった。

冬子は鶴ヶ島高校時代も田村簿記専門学院時代も図書室に出入りしたことはなかった。図書室に行くのは成績優秀な生徒なのだという意識がどこかにあったのかも知れない。

だが、今回の「ディスカバー地元」の最後に、思い切って市立図書館に行ってみようかと思った。冬子にしては勇気ある行動だったのだ。

図書館の入口に立った冬子は、先ず受付けに行った。

「あの、私、初めて図書館に来たんですが、本を借りるにはどうしたら良いのでしょうか？」

受付の女性はにっこり笑って、

「よく図書館に来てくれましたね。どんな本を統みたいですか？　一緒に探してみましょう」

そう言われて冬子はホッとした。

「私、四月から就職するんですが、三月いっぱいは自由な時間が持てることになりまして、鶴ヶ島の市内をあちこち見て歩いているんです。鶴ヶ島に住んで十年以上になるのに、この町のことを何も知らないんです。それで、この町の歴史が分かるような本を見たいと思って…。あまり難しくない資料があるでしょうか？」

受付けの女性は深く頷いて、

「そうですよね。誰だって最初から難しいことを考えては長続きしませんものね。鶴ヶ島のことが分かる絵本などもありますよ。

絵本なんて言うと、大人が読むものではないと思うかも知れませんが、そんなことはありません。最も分かり易く書いてあるのが絵本なんです。雷電池には行ったことがありますか？」

「雷電池ですか？　いいえ、行ったことはありません。高倉池ならよく知っています。高校のすぐ近くでしたから」

「あら、鶴ヶ島高校？　なら、私の後輩ね。嬉しいわ。私はここの司書なの。

ああ、あのね、高倉池と雷電池は起源が同じかも知れないって言われているのよ。

この本なんかどうかしら？　これを読んでから現地に行くといいかも知れないわよ。童話みたいだけど、遠い起源に触れることが出来るかも知れないわ」

高校の先輩と言うその女性司書が勧めてくれたのは『雷電池と雨乞い』という題名の絵本だった。表紙の「雷電池」という部分には『かんだちがいけ』と仮名がふってある。

冬子は先輩と言う司書に勧められたその絵本を借りてきた。

その夜、冬子は童話『雷電池と雨乞い』を繰り返し読んだ。

昔の農民が、いかに干魃に苦しめられたか。人間と自然との厳しい戦い。そして、人間が助けを求めたのが雷電池の「龍神」だった。

「雨乞い」は祭りではなく、自然への「祈り」だったのだ。その苦しみを後世の農民に味合わせないために、人々は「雷電池」を守り、池の周囲に樹木を植えて、池の水が涸れるのを防ごうとしたのだ。

そして、農民たちは、都に通じる日光街道にも杉並木を残す努力をしたのだという。

この、童話『雷電池と雨乞い』の解説には、

「雨乞い」行事は鶴ヶ島市脚折町の白鬚神社に伝えられている行事であり、白鬚神社は百済・新羅・高句麗から渡来した人々が生きた岐阜県・静岡県・埼玉県に数多く存在し、渡来人たちの守護神だったのではないか。

と書いてある。

冬子は、この鶴ヶ島が渡来人と関係があるという解説に興味を持った。

翌日の「ディスカバー地元」は勿論「雷電池」と「日光街道」だった。

弁当と地図と絵本を自転車の荷台に入れ、自転車をこぐ足にも力が入るのを感じながらたどり着いた「雷電池」。

常緑樹に囲まれた池を前に、冬子は弁当のおにぎりを食べながら、遠い昔の人々の努力を想像してみた。

人間と自然の戦いと共存。どちらの力が強過ぎても共存はできない。

それは現代の人間と自然の関係にも通ずる重要な問題だと冬子は思った。

四月一日から始まる大木会計事務所の仕事。他人の財産や生活や、大げさに言えば他人の〝運命〟までも左右しかねない仕事を前にして、自分がしっかり地に足をつけ、腰を据えて事に当たれるように、何か「おもり」のようなものを無意識のうちに冬子は求めていたのかも知れない。

また、その欲求は、世間知らずの二十歳の娘の自己防衛本能のようなものだったかも知れない。

交際上手な娘なら、そんな不安定な精神状態を親や妹や友人や恋人にぶっつけ、時には旅行やコンパやショッピングやデートで紛らすのだろうが、それが出来ない冬子を、憐れで不幸な娘だと思う人も周囲にはいなかった。

家族や近所の人の目を気にしながらも、何とか初期の目標を達成した日、冬子は夕食後のひととき、早目に二階の自室に引きあげた。そして、自分のベッドに鶴ヶ島市の全図を広げて、改めて眺めた。

大抵の若者なら、自分が住んでいる有名でもない地方都市なんかよりも、東京の流行や出来事に関心を持つ。次から次へと変わるファッションや芸能界やタレントの噂話に興味を抱く。そうしたいからするということもあるが、そうしなければ同年輩の仲間や世間から置いてけぼりをくうのではないかという強迫観念のようなものや、「お前、そんなことも知らないのかよ。だからダサイタマなんて言われるんだぜ」と笑いものになるのが恐くて、みんなの関心事に自分の関心を無理にすり寄せていくのであろう。

その結果が「近頃の若者の流行は……」などと女性週刊誌的な固定観念が若者たちの思考を洗脳していくのである。

そんな若者たちの置かれた環境から少し離れた場所に身を置いているような冬子は、鶴ヶ島市の地図を眺めながら、その中にある「高倉」という地名にふと目を止めた。そして、高倉福敬・小枝夫妻のやさしい笑顔を思い出しながら、市役所でもらった資料の中にも「高倉」の名称のついた祭りや史跡や文化財や多くの地名があることを不思議に思った。

高校時代、歴史や地理に特に興味があった訳ではなかったが、いつか歴史の授業の

中で聞いた、

「地名と人名、特に姓と地名は深い関係がある。
人間の姓は職業や身分と共に出身地を知る上でも重要な手がかりになる。」

という先生の話を思い出した。冬子は高倉夫妻とこの地域との関係に更に興味を抱いた。

その他に、市の公共施設や神社仏閣、公民館、児童館、図書館などの所在地を確かめていると、その中に「○○センター」と名のつく施設が多いことに気がついた。

例えば「農業交流センター」「老人福祉センター」「シルバー人材センター」「ふれあいセンター」「教育センター」「保健センター」「女性センター」「農産物直売センター」「海洋センター」「発育支援センター」「農村センター」などで、数えたら十一ヵ所もある。

文字通り、その目的が一目瞭然の施設が多い中で、「海洋センター」や「女性センター」などには、一度は足を運んでみたいと冬子は思った。

それにしても、これらの多くの公共施設が、町の人々の生活にどんな役割を果たしているのか、核家族の中で育った冬子には想像も及ばなかった。

また、関越自動車道や国道四〇七号線が交叉している市内地図を上から眺め、東武東上線沿線には医療機関が極端に偏在していることに気がついた。

特に「〇〇クリニック」という個人医院の多さに驚いた。良いか悪いかは別にして、個人医院が集中しているということは、逆に言うと、大学病院や総合病院がないというこ とだろう。

幸いにして、冬子はこれらの医療機関にあまりお世話にならずに成長してきたが、それは取りも直さず、ずっと健康だったということである。それを考えれば、健康な身体を授けてくれた両親に感謝しなければならないと、冬子は改めて思った。

冬子が一枚の地図の中に新しい発見をして驚いたり、そこから様々な人々に思いを馳せているうちに、夜も更けていった。

(7) 会計事務所

冬子の初出勤の日は、まるで約束されたかのような青空が広がっていた。

朝食の折、

「今日から大木会計事務所に勤めることになりました。よろしくお願いします」

冬子は改めて両親にあいさつをした。

「まあ、この子ったら、他人行儀なあいさつをして、いやねえ。ねえ、あなた」

母の加代子が少し照れくさそうに言って、信孝の顔を見た。父の信孝は、

「まあ、いいじゃないか。そのくらい緊張して仕事に臨んだ方がいい。ちょっとやそっとのことで弱音を吐くようでは、どこに行っても、何をやっても務まらない。頑張りなさい！」

信孝がいつになく力を込めた言葉を冬子に返した。

冬子は勿論のこと、隣に座っていた直美も、そして加代子もびっくりした。

「そんなに驚くことはないだろう。これからは、女も男と対等の立場で仕事をしなければならないんだ。給料や役職に差をつけないということは、責任も同じ重さで負うということなんだよ。

近頃よく言われる『男女共同参画』ということも、言うことだけの参画ではなく、やることも対等にやるということだよ。男の影のような存在ではダメだということなんだ。女だからって甘えてはいけないよ。

特に冬子の仕事は他人の資産に関わる重大な仕事の補助なんだから、いつも冷静で、公平な目を持っていなければならないんだよ」

冬子は自分の父親がこんな考えを持っている人間だとは、ついぞ知らなかった。

会社では既に管理職として部下を指導しているはずだったが、会社の仕事については家では何ひとつ語ったことがなく、まして「男女共同参画」などという言葉を信孝の口から聞くとは想像もしていなかった。それだけに、冬子は驚きと共に、父を人生の先輩として改めて尊敬の念をもって見直した。

父の温かい励ましの言葉に背中を押されて、冬子は元気に駅への道を急いだ。

「女だからって甘えてはいけない。冷静で公平な目を持ちなさい」

という父の言葉は、心の隅に不安を抱え、自信喪失気味だった冬子への何よりの励ましとなり、勇気を与えた。

世はまさに「共生社会」の入口に立ち、日本でも男女共同参画会議が、近く最終報告を出すだろうとニュースが報じた二〇〇二年四月一日のことであった。


衿がフリルになったベージュの長目のジャケットに、同色のフレアースカート。

胸にはパールのついたプラチナのネックレス。

少し高目のグレーのパンプスと同色系のショルダーバッグ。

髪はふんわりとしたセミロング。

そんな出で立ちの冬子が午前八時三十分、大木会計事務所のドアーを開けると、中から拍手が湧き起こった。

冬子は驚いて立ち止まった。建物を間違えたのかと思った。

「いらっしゃい、冬子ちゃん。今日から一緒に仕事をする仲間ですよ。皆さんに紹介しますから、先ずはこちらへ」

大木将郎所長が大きな声で冬子を部屋の奥へ招じ入れた。

仕事開始は九時からだと聞いていたのに、事務所には全員の顔が揃っている。

冬子は初日から遅刻したのかと思い、頬がこわばった。

「遅くなりまして、申し訳ありませんでした」

深々と頭を下げる冬子の姿を、大木会計事務所の四名の職員は、眩しそうに目を細め、笑顔で見つめた。

遅刻したのかと思い、謝る冬子に、

「いやいや、冬子ちゃんが遅刻したんじゃないんだよ。みんなが早く来過ぎたんだよ。仕事は九時からなのに、どうした訳か、今日に限ってみんなが早く来ちゃったんだよ。驚かせて悪かったね」

大木所長がみんなの顔を笑いながら眺めて言った。

「男の人はみんな物見高いのよ。特に若い女の子が来るなんて聞くとね」

長谷川真澄も笑いながら男たちの顔を見回した。

「おやおや、そうかな？　真澄さんが一番乗りじゃなかったかな？」

副所長の大木孝太郎が真澄を冷やかし半分にそう言ったので、一同大笑いになった。

「そんな訳で、今日から業務補助の事務を担当してくれる町田冬子さん。冬子ちゃんは田村簿記専門学院の今年の卒業生代表で、立派な答辞を読んだそうです。

日商簿記は一級、全経協の検定も上級合格です。この大木会計事務所でさらにステップアップするように、皆さんいろいろ指導してあげて下さい。ここに来たらレベルが下がったなんてことになると、学院の奥村教官から、やっぱりこんな所に寄こすんじゃなかった、なんて叱られちゃいますからね」

大木所長が真顔で言うと、

「所長、所長が一番気をつけて下さいよ」

と真澄が口をとがらせて言ったので、みんなが「そうだ、そうだ」と相槌を打ち、またまた大笑いになった。


所長の大木将郎は七十歳。息子で副所長の大木孝太郎は四十歳。二人は公認会計士。

女性の長谷川真澄は四十一歳。岡田徹は六十五歳。二人は税理士。

この四人がチームを作ってクライアント（依頼者）の要請を受けて仕事をする。つまり、公認会計士と税理士がその都度メンバーを変えながら二人一組になって仕事に当たる。決して一人では行動しない。これが大木会計事務所の鉄則である。

その結果、二十年以上もの間、大きな失敗も間違いもなく、また、クライアントに迷惑をかけることもなく過ごしてくることが出来た。大木所長はそれを大きな誇りにしてきた。

大木所長が日頃から口癖のように言っているのは、

「公認会計士だって税理士だって人間だ。一人で事に当たれば、時には情に流されたり、圧力に屈したり、誘惑に負けたり、最悪の場合には立場を利用して自分の私腹を肥やしたくなることだって、絶対にないとは言い切れない。

だけど、そこに仲間がいてくれれば必ずブレーキの役目を果たしてくれるはずだ。そうすることによって、互いに冷静に情況を判断し、過ちを犯さずにすむ。二人一組はお互いの立場を守るために、どんなに忙しくても崩してはいけない」

ということである。

近頃では、大企業の倒産がメディアで報道される度に、その裏にある〝粉飾決算〟の存在と、それを許した公認会計士による監査業務の怠慢・共犯性が指摘され、社会から厳しく糾弾されている。

個人の事務所がそんなことになったら、たちまち信用も失墜し、社会から葬り去られてしまうだろう。それが大木所長にとって一番こわいことであり、過剰なまでの慎重さを要す理由である。


会計事務所などと聞くと、大きな数字ばかりが飛び交う、固い雰囲気の場所だろうと誰しも想像するだろう。その通りである。

しかも、他人の資産や企業の財務に関する仕事をする所である。固くなくては困る。デレデレとした緊張のない職場では困る。少しでも納得のいかないことがあれば、カンカンガクガクの議論を互いに遠慮なく繰り広げるのが度々である。

しかし、仕事は仕事。それ以外の時には和やかな雰囲気の中で、互いの人生観や家族の話、趣味や得意分野の話などを開陳する。緊張と和やかさを合わせ持つ場所、それが大木会計事務所が目指す「楽しい職場」であった。

そんな大先輩たちに囲まれ、冬子はベージュのジャケットを水色の事務服に着替えて、自分の果たすべき事務内容について、副所長の大木孝太郎から説明を受けた。

補助業務と言っても、それまで二人の補助事務員が分担していたことである。これからは冬子一人が担当することになる。

その仕事量はかなり多く、冬子は緊張した面持ちで孝太郎の説明を一つひとつメモしていった。

(7) 会計事務所

会計事務所で使われる専門用語は専門学校時代に学んだもので、理解に苦しむようなことはなかったが、それにしても若い娘の日常会話の中には、そう易々と出てくる言葉ではない。

例えば、会計・簿記・仕訳・取引き・資産・利益・資本金・収益・決算などという用語は誰でも日常的に耳にする言葉であって、それ程めずらしくもない。

ところが、財務諸表・貸借対照表・損益計算書・流動資産・貸倒損失・有形固定資産・債務超過・経常利益・外貨建取引き・連結財務諸表・連結決算などという用語はどうだろう。恐らく、一般家庭のささやかな家計とはおよそ遠い存在の専門用語ではないだろうか。

まして、近年のような経済のグローバル化の中では、専門用語に英語が使われることが多く、ますます日常会話とは縁の薄いものになってきている。

例えば、キャッシュフロー、オフバランス、デリバティブ、セグメント、ヘッジ取引き、ゴーイングコンサーン、バランスシート、フィナンシャルステートメント、キャピタル・リライアビリティー、セキュリティーズ・コンプライアンスなどという言葉である。

これらの専門用語がそのまま理解出来る人は、その筋の専門家か企業家か、それとも株主か株の取引きを生業としている人に違いない。

冬子自身は勿論のこと、冬子の両親の生活を考えても、このような専門用語とは全く無縁の日常生活である。しかし、大木会計事務所における冬子の補助的事務の仕事にはなくてはならない言葉であり、避けては通れない用語ばかりなのである。

⑺　会計事務所

ところで、会計の仕事に欠かせない用語に「簿記」という言葉があることは多くの人がご存知だろう。

「簿記」とは英語で言うと「ｂｏｏｋｋｅｅｐｉｎｇ」である。ｂｏｏｋはノートとか帳簿のことで、ｋｅｅｐｉｎｇは～し続けるという意味である。

簿記は毎日帳簿に付け続けなければならない作業であることから、ｂｏｏｋｋｅｅｐｉｎｇという言葉になり、「ｂｏ＝ボ」「ｋｅｅ＝キ」の発音から「ボキ＝簿記」と翻訳されたとも言われている。よくできた話である。

会計に関する専門用語が飛び交う中で、冬子はいつもながらの慎重な態度で仕事を始めていった。聞いたことはすべてメモして、帰宅後、夕食もそこそこに就寝までのひとときを復習の時間に充てた。

自分なりに理解するように努めたが、どうしても分からない業務については翌日、大木所長か副所長の孝太郎に質問するようにした。

分からない事をそのままにしておくことは冬子の性格に合わないのだろう。

その几帳面な仕事に対する冬子の姿勢は、日を経ても変わることはなかった。


十月の下旬のこと、大木所長から一つの提案があった。

「冬子ちゃんも自動車の免許を取ったらどうだろう。そうしてもらえると、事務所も助かるし、将来、必ず役立つと思うけどね。

でも、免許は取ったからと言って、すぐに自分の車を買う必要はないよ。業務上の仕事では、当事務所の車を使えばいいですからね」

大木会計事務所に勤めて六ヶ月、車の免許証取得を提案されて、冬子は戸惑った。心臓がドキドキと波打ち、そしてあの大蛇のような高速道路と、その近くで生活している高倉福敬・小枝夫妻の顔を思い出した。

「私、とても運動神経が鈍いんです。同級生たちは高校在学中に十八歳になった人や、高校卒業してすぐに免許を取った人が多かったんですけど、私は車のハンドルにさわる勇気がなくて。それに高速道路が恐くて」

冬子は出来れば車の運転をしたくないと思ってきたことを、遠回しに大木所長に告げた。すると大木所長は、

「冬子ちゃんはそう言うんじゃないかと思っていたよ。だから無理にとは言わないんだけどね。だけどね、これから冬子ちゃんの将来にだって、どんなことが待ち受けているか分からない。

例えば、仕事だけではなく、結婚して子供の世話をするようになったり、お父さんやお母さんや身の回りの人たちが病気や怪我をした時などに、きっと車が必要になると思うんだよ」

冬子を諭すように大木所長は言い、更に、

「車の教習費用は事務所の必要経費で出そうと思っているから、冬子ちゃんは心配しないでいいですよ」

と、つけ加えた。

冬子は自分の将来のことまで考えてくれる所長の言葉に驚いた。

確かにそうかも知れない。家族が病気になったり、事故が起きても、他人を頼りにしたのでは思うように事を進められないかも知れない。第一、そんな時に頼りに出来るような他人が、近くに居るかどうかも分からないことである。

「ああ、それからね、車の運転は運動神経が鈍いと思っているくらいの人の方が慎重でいいんだそうだよ。自信満々で免許を取った人が案外、早く事故を起こすそうだよ。免許取得後三ヶ月目くらいに事故を起こす人が一番多いって言われているみたいでね。そういう人はきっと自信満々で、スピードを出し過ぎるんじゃないかな。

自分は運動神経が鈍いと思うような人は、先ず、スピードを出さないから、事故を起こすことも少ない。冬子ちゃんみたいな性格の人は安全運転向きだから、そんなに心配することないよ、きっと」

冬子の自分に対する懸念を払拭してくれるような言葉で、大木所長は熱心に説いた。

そうは言われても、冬子は車を運転したいと思ったこともなく、車を運転している自分を想像したこともなかったので、自動車教習所の所在も全く知らなかった。

そんなことを察したのか、大木所長は、

「教習所はね、川越にうちのクライアントの教習所があるから、そこに連絡しておくから、決心がついたら行ってごらんなさい。勇気を出して車のハンドルを握ると、人生観が変わるかも知れないよ」

そう言って大木所長が紹介してくれたのは、川越の駅から遠くない所にある谷原自動車教習所だった。そう言われてもなかなか決心のつかないのが冬子の性格である。

その日、帰宅して、夕食時にそんな話をすると、妹の直美は興味津々で話に乗ってきた。

「お姉ちゃん、絶好のチャンスじゃん。そんな話に乗らない手はないよ。教習費用だって結構高いんだよ。同級生なんか、夏休みに東北の方まで行って免許合宿で取ってきた人もいるよ。一週間で二十万円近くかかるみたいよ。まあ、私はそんな人たちの車には恐くて乗せてもらう気にはならないけど。

でも、運転免許って一生ものでしょう。それに立派な身分証明書代わりにもなるし、あると便利みたいよ。私も出来れば大学在学中に取りたいと思っているのよ」

身分証明書代わりになると聞いて、冬子も気がついたことがある。

専門学校時代に同級生が電車の中にかばんを忘れてしまった時、紛失届けを出すのに身分を証明する物の提示を求められたとのことだった。学生証を持っていたので良かったけれど、もし学生証がない場合には、パスポートか運転免許証の提示を求められるとのことであった。

今、冬子が自分の身分を証明出来るものとすれば健康保険証しかない。健康保険証など常に持参してはいない人の方が多いのではないか。そう考えると、運転免許証が身分証明書になるという直美の話にも納得出来る。

仕事上でも、いつかは必要になるかも知れない。冬子はそう考えて、十一月の連休を前にした週末、谷原自動車教習所に電話をした。

「ああ、大木会計事務所の所長から連絡をいただいております。いつでもおいで下さい。さっそく教習計画を立てますから。大木所長からも、くれぐれも宜しくと頼まれていますから、あまり深刻にならず気軽においで下さい。

私は指導部長の槇野です。おいでになりましたら、私の名前を呼んで下さい」

冬子はそこまで教習所から言われて、これも自分が乗り越えなければならない大きな山なのかも知れない、と観念した。

また、冬子は常々、人生の先輩たちの言うことは大むね間違いはないと考えている人間であり、折角の好意を無にしてはいけないと思ったことも確かである。

そして、翌日、さっそく谷原自動車教習所に槇野指導部長を訪ねた。

「よく来てくれました。一生懸命に指導させて頂きます。この頃は、一週間から十日間くらいで合宿形式で免許を取得する方法もありますが、私は正直なところ、あまりお勧めしません」

槇野は商売っ気なく、そう言った。

谷原自動車教習所の槇野指導部長は実直な人柄に見受けられた。

営業的に考えれば、高校生・大学生向けの短期教習の方が有利であることは明らかである。が、敢えてそれを積極的に推進しないのにはそれなりの考えがあるのだろう。

「車の運転も学校の勉強もそうですが、人間は頭で考えて納得しただけではダメなんですね。体が、体全体が覚えて納得することが大事なのです。体全体で少しずつ車に馴染む時間が必要で、それから初めて自然にハンドルを握れるようになるんです。

若い男の子などは、一週間で充分だと言う人もいますが、ケースバイケースです。免許取得直後に死亡事故を起こしたなんて話を聞きますと、われわれの責任を感じます。特に、自分の教習所で免許を取った人が加害者だったりすると、気が滅入りますよ。勿論、自爆事故も例外ではありませんが、亡くなった人やそのご家族の方たちに申し訳ない気持ちになります。

ですから、私は短期間の合宿で取得する方法は、こちらからはお勧めしていないんです」

槇野部長はビジネスとしてではなく、本当に教習生のことを考えて話しているように冬子には思えた。

槇野部長の率直な考えを聞き、冬子はホッとした気持ちになり、自分も慌てて免許を取る気持ちはないことを素直に話した。

「そうですか、私の話を理解してくれて嬉しいです。しかし、かと言ってそんなにのんびりもしていられないようですから、一ヶ月くらいで免許が取れるようにスケジュールを作りました。

主として休日と土曜日を中心にまとめて時間をとり、ウィークデーは一日おきに夕方七時から九時迄の二時間を計画してみました。各段階で見極め印をもらうことになりますが、余程のことがない限り、これで大丈夫だと思います。

指導は主として副部長の古川に当たらせますから、ご安心下さい。彼はズケズケ言いますが、指導力は抜群ですから」

槇野部長は一ヶ月間のスケジュール表を冬子の前に置いた。

「わかりました。どうぞ宜しくお願い致します。本当に運動神経が鈍くて、ハンドルにさわったこともありませんので、ご迷惑をおかけすると思います。

それから、教習費用はいつお払いしたらよろしいでしょうか？

私も給料をいただいていますから、自分でお払いしたいと思いますので」

「いやいや、もう大木さんから頂いていますから、その上にあなたから頂いたら二重取りになってしまって、たちまち業務監査でひっかかってしまいますよ。

「何しろ、大木会計事務所の監査は厳しいですから、ごまかしはききませんよ。アハハハ」

槇野部長がいかにもおかしそうに笑ったので、冬子はそれ以上のことは言えず、つられて笑ってしまったが、何だか申し訳ないような気持ちになった。

大木所長の父親のような笑顔を思い出しながら、教習手続きをすませ、道路交通法などの教則本を三冊受け取って、教習所を後にした。


翌週から冬子の自動車教習所通いが始まった。

教室での講義はいいとしても、実地の方はお世辞にも順調とは言えなかった。

今は教習用の車は殆どがオートマティックであるが、手と足を別々に、しかも同時に動かすことは大へん難しい。

特に車のボンネットを開けて見たこともなく、ハンドルにさわったこともない冬子は、どうしても手足が同時に動かず、モタモタの連続であった。芝生に乗り上げてしまったり、フォワードとバックを間違えて後続車にぶつかりそうになり、指導員の古

川副部長が、

「おいおい、大丈夫か？　恐ろしい運転手だなあ、君は！」

と、思わず指導用ブレーキを踏んだほどだった。冬子は、

「すみません、すみません」

を連発して、泣きたいような気持ちになった。

（やっぱり、私には無理なんだ）

と、教習終了後にはいつも自己嫌悪に陥った。しかし、教習費用を大木会計事務所に払ってもらっている以上、勝手に中断することも出来ない。

そんな時、冬子が思い出したのは、出勤初日に父の信孝が言った言葉だった。

「ちょっとやそっとのことで弱音を吐くようでは、何をやっても務まらない。女だからって甘えてはいけない」

そうだ、その通りだ。国民の大多数が取得している免許証である。自分に出来ないはずがない。

そう考えた冬子は、持ち前の粘り強さと素直さで頭を切り換えて、教習所に通い続

けた。

教習所内では筆記試験もあり、ハンドルを握るのに恐さを感じなくなってくると、意外や意外、冬子の教習は順調に進み始めた。

考えていた以上に冬子の進度が速くなったのは、交通法規の筆記試験の結果が良かったからであった。筆記試験は百点満点で九十点以上が合格。

教則本や交通法規をきちんと読めば誰でも合格すると思うのだが、それが何と、現役の大学生でも一発で合格することは珍しく、二十名の教習生のうち合格者はわずか二、三名だという。

そんな馬鹿な、と思うのだが、それが現実であるらしい。交通法規に合格しなければ次の段階に進められないのが教習所の規則である。

三度の筆記試験をすべて一発で合格した人がいたりすると、指導員の中で話題になるという。

その難問と思われる筆記試験に三度とも一発で合格した教習生が、久し振りに出たと指導員の間で話題になった。

それが冬子だったのだ。

その結果、冬子は同時期に入所した人たちよりも早く次の段階に進むことになった。

そうとは知らぬ冬子は、運動神経がずっと眠り続けていたような自分が、どうして他の人よりも早く次の段階に進むのか、不思議に思った。

大木所長から教習所に対して、何か注文でも出しているのだろうかと心配になった。

ある日、槇野指導部長に冬子が一種の懸念を告げると、

「それを心配しているんですか？　あなたは少し変わった人ですね。普通の人なら大喜びで、得意になって自慢するところですよ。

実はね、それぞれの段階の筆記試験を合格しないと、次の段階に進めないんですよ。例えば、道路交通法を知らない人に路上教習はさせられません。法律を知らない人がもし車を運転していたら、恐ろしいことになりますよね」

槇野指導部長は冬子の顔をまじまじと見つめながら、教習所の方針を説明した。

教習所内の三度の筆記試験にそれぞれ一度で合格していた冬子は、いつでも路上教習に出る準備ができている。他には何も懸念する事項はないとの槇野指導部長の説明を受け、冬子は、

「そうだったんですか。余計なことを言ってすみませんでした。他の皆さんは私よりも運転が上手なのに、どうしてかなって思っていたものですから」

と、正直に話した。

「実はね、あまり大きな声では言えないんですけどね、現役の大学生なんかは毎日勉強している訳ですから、こんな筆記試験なんて〝へのカッパ〟くらいに思っているんじゃないですかね。

ところが、法律というのは多面的に作られているんです。だから、チャランポランに覚えたのでは、いざ答案用紙に向かうと応用がきかないんです。

きちんとその法律の文言を覚えていないと本当の意味が分からないんですよ。正解がいくつもでてきて迷ってしまう。そういうふうに問題ができているんです。そこが

落とし穴なんですけどね」

そういうものだったのか。交通法規の筆記試験にもそんな工夫がされていることを冬子は初めて知って驚いた。

冬子のような几帳面で融通のきかない性格の人間は、書いてある文言をすっかりそのまま覚えるが、少し優秀な人は、書いてある文言を自分なりに解釈してしまうのだろうか。

また、一般の人にとっては、普段の表現方法と異なる法律の文言をそのまま覚える作業は、難しいことなのかも知れない。

自動車の免許なんて、どんな人間にも簡単に取得出来るものと思っていたのだが、いざその中に入ってみると、一人ひとりの個人的条件や努力が結果を左右していることを冬子は知った。

そう考えると、車を大事にしなくてはいけないし、「一生もの」である免許証を軽々しく扱ってはいけない、と冬子は考えるようになった。

大木会計事務所では、十一月に入ってから冬子が自動車教習所に通っていることをみんなが承知していたので、ウィークデーの教習日には緊急の仕事以外は翌日にまわして、冬子が教習時間に遅刻しないように配慮してくれた。

冬子はそんな先輩たちの心遣いをありがたく思った。


教習開始から二十日ほどで、冬子は路上教習に入り、一ヶ月の予定を三日残して卒業試験に合格した。後は大宮の試験場で最終の筆記試験を受けるだけとなった。

大木所長にその報告をすると、

「冬子ちゃん、よく頑張ったね。槇野部長が、冬子ちゃんがあんまり素直なんで驚いていたよ。近頃の若者は知ったか振りをして、よく指導員とけんかになるそうだけど、冬子ちゃんは教え甲斐があるって、他の指導員も言っていたそうだよ」

「ありがとうございました。皆さんにお仕事の面でもご迷惑をおかけして申し訳ありませんでした。来週の日曜日に大宮の試験を受けてきたいと思います」

冬子がそう言ってみんなに頭を下げると、

「オオ、いよいよ冬子ちゃんもドライバーか。

さて、誰が最初に冬子ちゃんの車に乗るのかな？　所長ではちょっと心もとないし、孝太郎さんだとパトロンみたいに思われてもいけないし、かと言って真澄さんではもしもの時に心配だし、やっぱりこの私ですかね。何しろ運転歴四十年ですから」

と言って、税理士の岡田が自分の腕をたたいて見せた。

「おいおい、岡田君、そんなに勝手に決めないでくれよ。長けりゃいいってもんじゃないよ。君が四十年ならボクだって三十八年だよ。たった二年の違いでそんなに差をつけられちゃあ、〝異議アリ！〟だよ」

大木所長が負けずに拳を上げたので大笑いになった。

「ああ、これだから男ってイヤね。たった二年のことで競い合ったりして。やっぱり私が最初のお客さんになるのが一番良さそうね。冬子運転手さん、安全運転でお願いします！」

真澄の意見で決着がついたかに見えたが、

「あの、免許証がもらえるかどうか、まだ分からないんです。大宮の筆記試験に落ちるかも知れませんから」

冬子が心細気に言ったので、孝太郎が、

「そうだよ、そうだよ。ここ一発、冬子ちゃんには頑張ってもらわなくちゃあネ」

と、みんなの顔を見て言った。

冬子は、

「はい、頑張ります」

と、再び頭を下げた。


この間も大木事務所は忙しかった。

冬子の補助事務も想像したより厳しく、来客の接待や書類の整理などの初歩的な仕事から、各種の文書や資料をパソコンに打ち込み、清書する仕事など少しずつ専門的な仕事に移行していった。

所長の大木と息子の孝太郎は「川越・狭山工業団地」の企業集団の中に何社かのクライアントを持ち、決算期にはてんてこ舞いだった。

本田技研工業のような世界的な超大企業は、当然のことながら、東京の監査法人に監査を委ねているが、その下請けや孫請けの中小企業とは大木会計事務所開業当時からの長い付き合いで、ずっと監査業務を引き受けてきた。

企業の決算期は通常三月に集中することが多く、そのため期末監査が四月、五月になる。そんな関係から、冬子が就職してからの二ヶ月は、徹夜に近い仕事をこなし、冬子の仕事も定時の五時に終わることはなかった。

「冬子ちゃん、もう仕事を上がりなさい」

と、声がかかる七時、八時まで続いた。女性の真澄は冬子の帰宅があまり遅くならないように気遣ってくれた。

多忙な四月、五月、六月が過ぎて八月、九月に入り、監査の仕事も一段落した。所長の大木の顔にも安堵の表情が浮かんだ。十一月には、冬子も車の免許証をめでたく取得することが出来てほっとしていた。

それにしても、公認会計士や税理士の仕事は多忙だ。

冬子たちが専門学院で学んだことはあくまでも理論であって、実際に現場で仕事をする中味は、その何倍もの量と、複雑な内容を持っている。

その複雑な仕事を次々とこなしていく公認会計士や税理士とは、実際にどんな頭脳と英知を持っている人たちなのだろうかと、冬子は先輩たちの仕事をする姿と顔を見ながら考えるのだった。

父親のようにやさしく気配りをしながら、みんなを束ねている所長の大木将郎は、団地の町であるこの上福岡市に居を構え、大木会計事務所を開業して二十年になる。

「公認会計士」は会計の専門家と呼ばれ、司法試験の次に難しいと言われる公認会計士試験に合格した者にだけ許される国家資格の名称である。

その職務内容は、公認会計士にしか許されない独占業務としての「監査業務」が中心になっている。

中でも特に重要なのは「財務諸表監査」で、公認会計士が作成した監査報告書がそ

⑺　会計事務所

の企業の命運を握ることにもなる。

二番目に重要なのは会計業務である。専門的な知識による分析、判断によって企業全体の会計と経営に対するアドバイスを行うことである。

三番目には税金問題へのアドバイスである。これは公認会計士が税理士登録し、日本税理士会連合会に入会することによって可能になる業務である。

財務の専門家として個人の相続問題や企業の節税対策、さらにマーケティング戦略などについての調査や指導をすることが出来る。

近年では、経営活動のグローバル化に伴う海外現地法人や合併会社の設立など、国際的な税務支援も重要な業務になってきている。

その他には企業や組織の経営計画の立案・作成に対する支援、組織再編や株式公開に対する指導・助言など、その活動は多方面にわたっている。

公認会計士の力が最も試されるのは、大企業はもとより中小企業・各種法人に対する法定監査と法定外監査を合わせた「監査業務」である。これは一般庶民の生活からは直接見えない、少し遠い所の仕事だと言えるかも知れない。

一方、税理士の業務は、納税者の「税務代理手続き」や申告など、グッと庶民の生活に近いものとなっている。

税理士になるには先ず第一に、税理士試験に合格し、日本税理士会連合会に登録して税理士会に入会しなければならない。

税理士の国家試験は、科目ごとの合格の積み上げによって所定の必要な科目量に達すると資格を得ることが出来るという特徴がある。

また、税理士業務は他の資格者にも参入可能な事例が多い。いわゆる試験免除者で、税理士試験を免除される特権を有する人である。

例えば、「大学院卒業者（マスター）」と「官公署ＯＢ」である。

マスターについて言えば、法律学または財政学、商学に関する科目を大学院で修得している人。官公署ＯＢについては、長年にわたり法人課税部門の仕事を経験してきた人が、その分野のエキスパートとして認められるのである。

次いで「弁護士・公認会計士」は税法の学習経験がなくても税理士資格が付与され

ることになっている。

日本の登録税理士の構成は、税理士試験を合格した人が約四三%、試験免除者が約四八%、弁護士・公認会計士からの参入者が九%となっているという。

公認会計士の狭き門に比較して、税理士への門戸はかなり広く開かれている印象であるが、この制度そのものにも問題がある。そのために、税理士登録時に、憲法・税理士法・民法・商法・租税法概論などの研修が行われているという。

制度も法律も所詮は人間が作るもの。人間社会が永久不変のものならともかく、人間も社会も日々変化していることを考えると、制度も法律も変わらざるを得ないであろう。この後、公認会計士法も税理士法も大きく変わる時が来る。

しかし、いずれにしても、双方とも生半可な努力では取得出来ない資格であることは確かであり、そこで働く者は常にその資格にふさわしい緊張感や責任感、人間的品格をもって事に当たらなければならない。

十二月に入り、大木会計事務所の前の公園は紅葉の中で深い秋色となり、満開だった桜の木々の姿がはるか遠い昔のことだったような気がする。それだけ、この九ヶ月が多忙な日々の連続だったということなのだろう。

久し振りに五時の定時に終業した日、冬子は帰りがけに事務所の前に広がる公園に立ち寄ってみた。

寒さのためか、人影は見られなかったが、しばらくすると公園の奥から杖をついた老人が、小刻みに歩を進めながら注意深く歩いて来た。病後の歩行訓練をしているのだろうか。介助者もなしで歩いている姿を見て、冬子は少し心配になった。

公園には楠・松・杉・欅・檜などの古木が大きな木影を作っている。これらの古木が公園と公園周辺で育った人々の歴史を見守ってきたのだろう。

柵の向う側には、上野台団地が古い住宅団地として存在感を誇ってきたが、この団地も建て替え工事中で、その完成予想図が大きく掲示してある。

公園の東側の隅に近い所に記念碑が建てられている。

幅一m、高さ一・五mほどのその碑の表には、

「大正三年　東上鐵道記念碑」

と刻まれ、裏側には、

「大正三年五月完成　當停車場敷地寄附者」として五名の名前が、また「設置委員」として六名の名前が刻まれ、そして最後に「東上鐵道株式會社」と刻まれている。

いつの時代にも、社会の動きにさきがけて新しいことに挑んだ人々がいたことが、この碑の中に残されている。

記念碑に近く、公園のほぼ中央の辺りに、大きな女性の座像がある。顔は大空に向け、両腕を胸の前で交叉させ、左の手先は右肩に、右手は左の肩先を抱えている。

その姿は、自らの身をしっかり守りながらも、未来を見つめて進もうとしている女性の強い意志を表しているように思える。

冬子は自分もその女性の像と同じように腕を組んでみた。すると、これから社会に向かって進んで行く女の覚悟のようなものが感じられて、この像を作った人の心が伝わってくるような気がした。

公園の一般住宅地に近い所は、子供用の遊園地になっており、大きなすべり台では、おじいちゃんと幼い児が手をつないですべっている。幼児がおじいちゃんの手にすがりついている姿を見て、冬子は思わずほほえんだ。

その向こうには、砂場やブランコがあり、若い母親たちが幼い子どもたちを中にして、おしゃべりしている。こうして、日中から夕方にかけて公園でくつろげる母親たちは、恵まれた家庭環境なのだろうと冬子は思った。

しばらくすると、紺のスポーツウェアを着た中学生の一団が公園を横切り、駅の方角に急いで歩いて行くのが見えた。

もう下校時間もとうに過ぎていた。

⑻ 資産管理

気象庁の「寒入り宣言」を待っていたかのように、雲がたれ込め、どんよりとした寒い日が続いた。その日も、いつ雪が降り出すか分からないような空模様だった。冬子が、いつものように持参したお弁当を食べ、事務所内のそれぞれの机の上にお茶を配っていた時のことである。

何気なく入口のガラスドアを通して向かいの公園を見ると、木製の長いベンチにコートを着た一人の老人が寒そうに座って、じっとこちらを見ている。どこかで見たことのある人だと思い、もう一度よく見直すと、何と、鶴ヶ島の高倉福敬老人ではないか。十ヶ月以上会っていないが、見間違いではない。確かに高倉老人の姿だ。

冬子は驚き、事務所からとび出して、公園へ走って行った。

「高倉のおじさんじゃありませんか？　どうなさったんですか、こんな寒い所で」

冬子が声をかけると、高倉老人はホッとした表情をした。

「やっぱりあんたの職場だったね。きっとあんたが私を見つけてくれるんじゃないかと思って、さっきからここに座っていたんだよ。かくれんぼじゃなくて、〝見つけんぼ〟だね、これでは」

高倉老人は、冬子が初めて会った時の、あの穏やかな笑みを満面にたたえて、嬉しそうに言った。

「もうすぐ雪が降ってくるかも知れません。もし、よろしかったら、私の職場でひと休みしていらっしゃいませんか？」

冬子がそう誘うと、高倉老人は待ってましたとばかりに立ち上がり、

「はいはい、そうさせてもらいますよ」

と、遠慮するふうもなく、自分から大木会計事務所の前まで行き、サッとドアを開けて入って行った。

それは、先程までのしょんぼりした姿とは打って変わって、シャンと背筋を伸ばした老紳士然とした姿だったのだ。冬子はちょっと驚き、所長の大木たちに何と紹介し

たらよいのかと戸惑っていた。

「やあやあ、突然、失礼します。ウチの町田冬子が大変お世話になっております。私は冬子と同じ鶴ヶ島に住む、こういう者です」

と、高倉老人は冬子をもっと驚かすような冗談まじりの自己紹介をして、大木所長の前に名刺を差し出した。

大木所長と、ちょうど食後の休憩をとっていた岡田が高倉老人に応対してくれたのだが、二人ともその名刺を見て顔を見合わせ、驚いている。

先ず、岡田が高倉老人の顔を見て尋ねた。

「あなたは冬子ちゃんのご親戚なんですか？」

正面切ってそう尋ねられた高倉老人は、少しうろたえたふうに、

「いやいや、それ程の者ではありませんが、こんな若い娘さんが自分の孫だったらいいなあなんて思いましてね。失礼しました。今の自己紹介は冗談です。私は町田冬子さんの単なる知り合いです」

高倉老人がケロリとしてそう言い直したので、大木も岡田も目をシロクロさせなが

ら、再度尋ねた。

「でも、やっぱり、冬子ちゃんのお知り合いなんですか？」

「まあ、知り合いと申しましても……何ですね、ちょっと座らせて頂いて、冬子さんにお茶でも入れていただきましょうか」

高倉老人にそう言われて、大木も岡田も慌てて高倉老人に来客用のソファーをすすめた。冬子もすぐに台所に行き、お茶の支度をした。

高倉老人は冬子が出したお茶をおいしそうに飲み、おもむろに語り出した。

「実は、今日は二つほどお願いがあって、こちらに伺いました。一つは冬子さんにですがね」

高倉老人が冬子の顔を見ながら言った。

「ウチのばあさんが、このところ元気がなくてね。それで、しきりに冬子さんに会いたいって言うんですよ。他所の娘さんだし、仕事も始まったばかりなんだから、そんなわがままを言ってはいけないよって言い聞かせているんですがね。ばあさんがいつになく強情でね、どうしても冬子さんに会いたいって言うんですよ。

それじゃあ、私が冬子さんの都合を直接聞いてみるからって、ここまで来たんですよ。こちらの住所は冬子さんの手紙に書いてありましたから、すぐに判りました。それにこの近くには、昔の仲間が住んでいたこともありますから」

高倉老人がそこまで話した時、冬子が、

「ごぶさたをしていて申し訳ありません。それで、おばさんの具合いは、そんなに悪いんですか？」

と、心配顔で尋ねた。

「まあ、私の見たところでは、そんなに重病人には見えないけどね。要するに、冬子さん、あんたに会いたいんだよ。まるで子供みたいに、一度会ったきりなのに、あれから何度も何度も、あんたがちゃんと仕事をしているかしらなんて、余計なお節介を焼きたがっているんだよ。どうしてだか分からないけれどね」

そう聞いて、冬子はひと安心したものの、高倉夫人が何故、そんなに自分に会いたがっているのか不思議に思った。あまり若い人との出会いがないから、淋しいのかしらと、冬子は高倉夫人の静かな立ち居振る舞いを思い出した。

「それじゃあ、冬子ちゃん、ここのところ、仕事も少し落ち着いてきたし、自動車の免許も取れたし、時間に余裕があるから、定時に帰って、高倉さんの奥さんにお会いになったらどうかな」

大木がそう言いながら、高倉老人と冬子の顔を交互に見た。

冬子はウィークデーの夕刻に慌ただしく行くよりも、土曜日にゆっくり会いたいと思った。

「はい、分かりました。ウィークデーでは申し訳ありませんので、今度の土曜日におじゃましたいと思います。それでよろしいでしょうか」

高倉老人は喜んで、

「是非、そうしてやって下さい。そうすれば、ばあさんの仮病も治るんじゃないかな?」

と冗談を言ったので、事務所内に笑いがこぼれた。

「それで、もう一つのご用というのは何でしょうか?」

冬子が心配顔で高倉老人に尋ねた。

高倉老人はふっと真面目な顔になり、改めて大木所長と岡田の方に向き直った。

⑻　資産管理

「そう、これは以前から考えていたことですが、私の資産管理に関することです」

冬子を訪ねてきた高倉老人から、いきなり「資産管理」という言葉を聞いて、大木所長と岡田は少し緊張した。

冬子の知り合いと言っても、大木と岡田にとって高倉老人は全く初対面の人である。

「いやいや、これはね、さっきベンチに座っている時に思いついたんですがね。だからと言って、決して思いつきで言ってる訳ではないんですよ。先程も申しましたように、以前から考えていたことなんですよ。

……私ら夫婦には、今のところ後継者がおりませんでね。いや、以前はいたんですが、いろいろ事情がありまして……。

私らももう年ですから、大した財産でもないんですが、それをちゃんとした人に管理してもらいたいと思っていたんですよ。

いやあ、正直なことを言いますと、毎年、確定申告の時になると領収書を集めたり、それを分類したり、用紙に書き込んだり。あれは残酷な作業ですな。この年寄りがその時期になると胃が痛くなり、夜も眠れなくなるんですよ。

これまでは知人の力を借りて、何とかその場をしのいでいたんですが、もういけません。素人がやるのは限界です。皆さんのようなプロを、つくづく羨ましく思いますし、尊敬しますよ」

高倉老人がそう言いながら、大木と岡田の顔を見つめると、大木は少し照れくさそうに、

「いや、そう言っていただけるのは、確定申告の時だけでしてね。私どもから言わせていただけば、そういうことで悩まれる方は幸せな方でして、多くの方は、どうやって税金を少なくしてもらうか。もしくは、どうやったら払わずに済ませるかで、頭も薄くなってしまうんです」

大木がそう言って自分の頭をなでたので、

「ああ、それで、税務署へ確定申告に行く人は毛糸の帽子をかぶって行くんですね。これ以上〝毛〟が抜けないように……」

と、高倉老人が真面目な顔をして言ったので、一同大笑いになった。

高倉老人は、

「いやいや失礼しました。真面目な話に戻しましょう。

さき程、冬子さんが仕事をしている所がこちらだということを確認しまして、それならいっそのこと、こちらに私の資産管理をお願いしようかと思ったんですよ。まあ、お引き受け願えればの話ですが……」

「高倉さんの資産と言いますと……」

岡田が恐る恐る尋ねた。すると高倉老人は、

「大したことはありませんが、もしお引き受け願えるなら、全部お願いしたいんです。次回、改めて書類一式を持参して正式にお願いに来ます」

高倉老人は真剣な表情で、大木と岡田の顔を見た。

「いいえ、わざわざお運びいただかなくても、ご都合の良い日に、こちらから伺いますから」

大木が恐縮して言った。

「そうですか。そうしていただけると、この年寄りも大いに助かります。都合が良い日と言いましても、私らは〝サンデー毎日〟ですから、こちらの都合の良い日を指定して下されば、書類一式を準備しておきますよ。

ああ、そうそう、その時は冬子さんも一緒にお願いします。ばあさんも喜びますから」

高倉老人は冬子にちょっと目くばせして、おどけた表情でクックと笑った。

その日、家まで車で送るという岡田の申し出を断り、高倉老人は上福岡駅まで冬子に送って欲しいと言った。

外は雪になっていた。

冬子は大木と岡田に促され、大き目のこうもりを高倉老人に差しかけて、上福岡駅に向かった。

道すがら、高倉老人は冬子の職場の業務内容や、勤務時間などについてあれこれと尋ね、

「みんなに大事にしてもらっているようだね。安心したよ。だけど、車の運転にだけ

は気をつけるんだよ。土曜日にはゆっくり来て下さい。待っていますからね」

高倉老人はそう言って上福岡駅の改札口に入って行った。

冬子は高倉老人の後姿を見送りながら、「後継者がいない」と言った先程の言葉を思い出した。すると、高倉老人が振り返り、小さく手を振ってほほえんだ。


大木事務所に戻ると、孝太郎と真澄も顔をそろえていた。待ちかねていたように、岡田が冬子に語りかけた。

「冬子ちゃん、とんでもないエライ人と知り合いだったんだね。驚いたよ。どういう知り合いなの？」

「どういう知り合いかって言われましても、ほんのちょっとした知り合いなんです。一度、お宅におじゃまして、白菜漬けやキンカンの蜂蜜漬けをご馳走になって。それから、高速道路の話をしたりして。

ああ、その後、お礼状を出して、四月からの仕事のことを知らせました。その時に、こちらの住所も書いたと思いますが。

でも、どうしてですか？　高倉のおじさんがエライ人って、何をした人なんですか？」

冬子があんまり無邪気に尋ねるので、事務所内に笑い声が起こった。

「本当に、冬子ちゃんは何も知らなかったんだね。だから高倉さんも奥さんも、冬子ちゃんに心を許しているんだよ。こういうのを〝奇跡の出逢い〟なんて言わない？」

岡田がそんな言い方で高倉老人との出逢いをみんなに紹介したので、またまた明るい笑いが起きた。キョトンとしているのは冬子一人だけだった。

「あら、冬子ちゃん、悪かったわね。今から少し説明するわね」

真澄が気を遣って、岡田に説明を促した。

岡田は改まった口調で冬子に説明を始めた。

「あのね、高倉さんはあの地域では知らない人がいないくらい有名な人なんだよ。実際に会ったかどうかは別にして、われわれみたいな仕事をしている人間で、名前を知らない者はいないんだよ。また、歴史に詳しい人たちの中でも知らない人は恐らくいないと思うよ」

冬子はそう説明されても、まだ納得できなかった。

「どうしてそんなに有名なんですか？」

「あのね、高倉家は大昔から、と言うか、千年以上前からあの辺一帯の大地主だった、と言うより、もっと大きな支配者と言うか領主と言うか、そういう家系なんだよ。あの地域全体に今も残っている地名を知っているでしょう？　高倉って言うんだよね」

冬子はそこまで聞いてようやく気がついた。母校の所在地の地名も高倉だった。


冬子の母校の所在地が「高倉」だということは勿論、よく知っていた。三年間もそこに通い、勉強してきたのだから当然である。

「私の学校、鶴ヶ島高校の住所も高倉です。近くの林と言うか、公園と言うか、あそこにある池も高倉池って、みんなが呼んでいました。あの池まで行って、お弁当を食べたこともあります」

「そうそう、あの池も昔から高倉池って呼ばれていたんだよ。

県立鶴ヶ島高校を建設するために、あの地域を県が買収したんだけどね、その大半は高倉家の土地だったんだよ。

高倉さんは、あの池の周辺を公園として残すことを条件に、先祖伝来の土地を埼玉県に売却したんだ。他でもない、教育施設の建設だったからね。

そう考えると、冬子ちゃんはその鶴ヶ島高校の卒業生だから、高倉さんとは浅からぬ縁があったということになるね」

元高校の歴史の教師だった岡田徹は、まるで生徒に教えるような調子で、冬子にやさしく説明した。

「そうだったんですか。高倉のおじさんたちがそんな方だったなんて、全然知りませんでした。ご夫婦二人で静かに生活している普通の方だと思っていました。ただ鶴ヶ島には、高倉っていうお祭りや文化財があることは知っていました。それが高倉さんとどんな関係があるのか分かりませんが」

「冬子ちゃんは若いのにそんなことをよく知ってるね。そうなんだよ。そういうお祭りや文化財なんかも、多分、遠い昔の高倉家と深い関係があると思うよ」

岡田が得たりとばかりに目を輝かせて言った。

⑼　高倉家の歴史を知る

税理士の岡田徹は元は高校の社会科の教師で、専門は日本史だった。

岡田の家も古い家系なのだが、代々女系が続き、珍しく生まれた一人の男児の徹に親族たちの期待が集まったのも「故ある話」だった。

四十歳で教壇を去った徹は、この世界に身を置くようになった。幸い地元の上福岡に大木会計事務所ができ、大木将郎の下で税理士として働きながら、家族と両親と親族の中で生活している。

子供は娘が二人。やはり、将来を心配する親族もいるが、長女が公認会計士を目指して勉強しているのを頼もしく思う岡田である。

そんな岡田がまるで生き返ったような声で高倉家について語り始めたのだ。

事務所のメンバーたちは興味津々と岡田の次の言葉を待った。

「高倉家のご先祖さんは渡来人なんだよ。高倉福信さんて言うんだ。六六八年頃、高《こう》句麗《くり》という国が滅びてね。多くの人々が朝鮮半島から日本に逃れて来たんだね。福信さんの父親もその一人だったんだ。

高倉福信さんは七〇九年に日本で生まれたんだね。だから日本人といってもいいんだよね。氏姓は最初は背名《せな》、次は高麗《こま》、そして最後に天皇からもらった氏姓が「高倉」だったんだね。

この高倉福信さんという人はすごく日本の天皇から信頼されてね。ナント、六代もの天皇に仕えて、天皇からもらった位・身分は最後は『従三位《じゅさんみ》』だったんだよ。『従三位』という身分は日本の皇族と同じ身分でね、渡来人の中で『従三位』まで出世した人は他にはいないんだよ。

高句麗が滅びる前には百済《くだら》が滅び、その後には新羅《しらぎ》が滅びてね。その都度、沢山の人々が日本列島に逃れて来たんだ。

日本の天皇はその人々を国内に受け入れていろいろな所に住まわせ、様々な仕事や任務を課していたんだね。『万葉集』に出てくる防人《さきもり》になって日本の国を守った人も沢山いたんだよ。

その上に、天皇は彼等が持っている文化や技術・仏教・知識・学問・政治などの力を大いに活用または利用して、日本の国の力を大きくしていったんだね。

そこには、彼等がもっていた中国からの文化や学問も沢山入っていたことは、その頃の政治・文学・行事・仏教建造物などを見てもよく分かるんだね。一般的には天《てん》平《ぴょう》文《ぶん》化《か》って言われている」


そこまで一気に話す岡田が、冬子が差し出したお茶に手を延ばした。すると、真澄が素早く手を上げて言った。

「岡田先生、質問があります！　どうして福信さんはそんなに天皇から信頼されて出世したんですか？　それと、鶴ヶ島とはどういう関係があるんですか？」

お茶で喉を潤した岡田は、エタリとばかりに膝を叩いて言った。

「良い質問です。さすがは真澄さん。誰でも関心がありますよね。

宮中ではね、その頃から相撲が行われていたんだよ。日本の相撲の歴史はものすごく古いんだね。

福信さんは体格の良い男だったんだね。宮中の相撲大会で頭角を現したらしい。それに目をつけたのが天皇だったんだよ。

まだ二十代半ばの福信さんを『内堅所』という衛士の役所に抜擢したんだ。言わば天皇の護衛役または用心棒になったんだね。

それは七三四年頃だと言われているんだよ。

それに、福信さんは見た目もイケメンだったんじゃないかと僕は思うんだ。皇后様や采女《うねめ》という宮中の有力な女官たちからもすごく頼りにされていたらしい。

鶴ヶ島との関係では、これがまた凄いですよ。

何しろ、福信さんは武蔵守《むさしのかみ》に四回も任じられているんだよ。第一回目は四十八歳の時、第二回目は六十二歳の時、第三回目は七十三歳の時、第四回目は七十五歳の時。

その間には他の国守《くにのかみ》になって働いていたんだ。

そして、さすがの福信さんも〝年〟には勝てなかったんだね。第四回目の武蔵守の任務を終えた二年後、七八五年に自ら天皇に宮廷の職を辞することを申し出て、天皇から拝領した高倉の私邸に戻ったんですよ。

初めて京都に上ったのが十四歳の時。高倉に戻ったのが七十七歳の時ですから、ナント、六十三年間を日本の京都で過ごし、その間に天皇の下で様々な仕事をしてきたことになるんですね」


岡田先生がここまで話すと、さすがの大木会計事務所のメンバーたちも「フー！」と大きなため息をついて、お茶に手を出した。

大木将郎所長も、お茶を飲みながら言った。

「凄い話ですね。だけど、岡田先生はナンデそんなに福信さんについて詳しいんですか？　もし、そんなに詳しい資料があったら、ボクたちにも頂けませんか。これから仕事をさせて頂く高倉さんのことをきちんと知っておきたいんですよ」

「そうです、そうです。こんなに詳しい話を聞いたのは初めてですよ。ボクももっと歴史を勉強したくなりました。ボクにも資料を下さい」

息子の大木孝太郎もそう言ったので、長谷川真澄も負けずに言った。

「福信さんが仕えた六人の天皇ってどんな人だったのですか？　ついでのことですみませんが、教えて下さい、岡田先生！」

岡田徹先生は、

「そんなに言われては後には引けませんね。資料は整理して皆さんに差し上げたいと思います。こんなところで役立つとは夢にも思いませんでした。逆にボクの方が感激ですよ。

ああ、そうそう、福信さんが仕えた六代の天皇は、聖武・孝謙・淳仁・称徳・光仁・桓武ですね。

加えて言いますとね、高句麗の人々の子孫が名乗った氏姓には、新井・古川・井上・神田・勝《すぐる》・新《あたらし》、そして、勿論、高倉があるんですよ。ウチのクライアントの中にもこれらの氏姓の方がいらっしゃいますよね。

実は、ボクの大学の卒業論文は『武蔵野の歴史』だったんです。若い頃に覚えたことは、まだボクの脳味噌の中にしっかり浸かっているんですね。

冬子ちゃんのお陰で、ボクの脳味噌が生き返ったみたいですよ！」

岡田がそう言うと、みんなが拍手をして、冬子の方を見た。

だが、冬子が困惑した顔で、

「それでは、私はどうしたらいいんでしょうか？」

と、尋ねると、岡田は大木所長の顔を見た。大木所長は岡田の意を受けて、心得顔で言った。

「岡田先生が難しいことを言うから、冬子ちゃんとしては困っちゃうよね。でもね、冬子ちゃんは普通にしていればいいんだよ。何も気を遣うことはないよ。

ただ、当事務所としては冬子ちゃんのご縁で、大きな仕事をいただくことになるかも知れないけど、それもあまり気にしないで、高倉夫人に会いに行ってあげなさい。

冬子ちゃんに会いたいって言ってるそうですから、きっと何か会いたい理由があるんでしょう。

人間同士の関係って不思議なもので、何度会っても気の合わない人がいるし、たった一度会っただけでも、魂が触れ合うようなこともある。

私たちのような仕事をしていても、一度で信頼してくれる場合があるかと思えば、何年仕事をさせてもらっても、本当に信頼してもらえない場合もあるからね。ほら、よく〝ひと目惚れ〟って言うでしょう。冬子ちゃんの場合も、それと同じかな？」

大木所長がそこまで言うと、副所長の孝太郎が、

「ウンウン、そういうこともあるかも知れないね。おやじさん、たまにはいいことを言うね、ウンウン……」

としたり顔で言ったので、一同大笑いになった。

冬子も笑いながら、

「はい、わかりました。よろしくお願いします」

と言って頭を下げた。

土曜日までの二日間、大木会計事務所の中では、それぞれの仕事の合間をぬって、高倉家と高倉福敬夫妻について、さまざまな情報や資料が集められた。

その情報や資料には高倉家の資産はもとより、高倉家の歴史、地域における高倉家の立場や親族・家族構成などプライバシーに関するものも沢山あった。

⑼ 高倉家の歴史を知る

会計事務所の仕事はと言えば、個人のプライバシーに関するものが殆どであるから、当然と言えば至極当然のことである。

冬子もその概略について説明を受けたが、聞けば聞くほど、その内容は冬子の生活環境とはおよそ縁遠く、冬子は戸惑いを感じた。

高倉家の資産は相当なもので、固定資産や不動産などを含めると、その額は数十億円は下らないらしい。

冬子が訪れた高倉家の家屋がある周辺は勿論のこと、「高倉」という地名として残っている地域も、アジア太平洋戦争の敗戦前までは高倉家の所有地だったようだ。そこを多くの「小作人」が耕作していた。

敗戦後、昭和二十年十二月から始まった「農地改革」によって、小作人にその耕作地が無償で解放（供与）され、それ迄は高倉家の「小作人」だった農民がみんな「自作農」になった。

その時、高倉家では耕作地をこま切れにさせず、小作農民一人あたりの耕作地を広く解放したため、現在でも高倉地域の農家の敷地は道路から家の玄関までの距離が一〇〇メートル近くあり、見るからに豊かな風景である。

また、高速道路やジャンクションの建設地にも高倉家の所有地があったらしいが、高倉老人は土地買収に最後まで応じなかったという。

その理由については多くを語らなかったが、高倉老人は「金はいらない」と言い、代替地を要求したという。その「代替地」が現在の鶴ヶ島駅近くで、マンションが建てられている所らしい。

東京から土地を求めて新住民が押しかけ、新興住宅地がドーナツ状に拡大してゆくに従って、駅周辺の土地価格は急上昇し、バブル期には大手の不動産会社でもおいそれとは手が出ない程の高値になってしまったのだという。


そんなことを聞いただけで、冬子の想像力は固まってしまい、初めて会った時のあのやさしく淋し気な高倉夫妻の面影がスーと遠のいて行くような気がした。

白菜漬けとキンカンの蜂蜜漬けを「おいしい」と言ったら、相好を崩して喜んだ高倉夫妻とはおよそ結びつかない事柄であり、冬子とも無縁の話であった。

　その後、高倉家の歴史や家族の話を聞いても、冬子にはなかなか理解出来ないことばかりで、もっと歴史を勉強しておけばよかったと悔いた。

　ただ一つ、高倉夫妻には子供が一人いたらしいということだけが冬子の心に残った。その子供がどうしたのかよく分からないらしいということも気になったが、自分のような人間が気にしても、どうにもならないことではないかと思った。

　会計事務所であるから、個人の財産管理に関する仕事もしてきたが、高倉老人からの依頼が、もし本当だとしたら、大木会計事務所にとっては事務所の開所以来、最高額の「財産管理」になるかも知れない。

　それだけに、大木所長をはじめ、岡田や孝太郎や真澄たちは、いつになく緊張し、また張り切っているのが冬子にも判った。

⑽　小枝夫人の涙

土曜日に高倉夫妻を訪ねる時、何か手土産でも持って行こうかと冬子は考えた。

だが、高倉夫妻のような年齢の人には何が良いのか、皆目見当がつかない。

大木事務所の人たちに相談するのも憚られて、その夜、夕食時に、冬子は母の加代子と妹の直美に相談してみた。

加代子は気乗りのしない様子で、

「例の農家のおばあちゃんでしょ？　そんな人たちに持って行くお土産なんて、私にだって何がいいか分からないわよ。ねえ、直美、あんたなら何にする？」

と、加代子は直美に話を振った。

直美はちょっと冬子の顔を見たが、すぐに視線を加代子に戻し、興味なさそうに言った。

「そんな年寄りに、後に残るものを持って行っても迷惑じゃないの？　どうせあの世に行く時にだって、棺の中に入れて持って行く訳にはいかないんだから。それにしても、お姉ちゃんはいいなあ、老人なんかと付き合っていられるんだから。私なんか来週からもう就職活動よ。世の中は不景気でさ、会社の方が強気なんだって。やんなっちゃうわ」

直美はやけっぱちな口調でそう言って、早々に二階へ上がって行った。

冬子は夕食の片付けをしている加代子の手伝いをしながら、直美が言った「後に残らないもの」という言葉を考えていた。

（そうだ、直美の言う通りかも知れない。後に残らないものがいいとすれば……）

土曜日の朝、冬子はいつもより早く起きて、トーストと牛乳で軽く朝食を済ませ、冷蔵庫の中をのぞいた。

「ずい分早いじゃないの。何かあるの？」

加代子が二階から降りて来て、ねむそうな声で冬子に話しかけた。

「お母さん、冷蔵庫の中のいなり寿司の皮を使ってもいい？　今日、いなり寿司とサンドイッチでも作って行こうかと思ったの。

お母さん、私にいなり寿司の作り方を教えて。いつもお母さんが作るいなり寿司って、おいしいもんね」

冬子がちょっと甘えた調子で加代子に言った。すると、加代子はいつになくやさしい表情になり、

「いなり寿司を持って行くの？　いいわよ、お母さんのいなり寿司には年季が入っているんだから。

とは言っても、今ではみんな既製品で間に合わせているから恥ずかしいようなものだけどね。昔は油揚げも、中に入れる具も自分で煮たし、酢の加減もそれぞれ作る人の味だったのよ」

と、懐かしそうな口調で言った。

「へえ、お母さん、若い頃にもいなり寿司を作ったことがあったの？」

冬子が不思議そうに加代子に尋ねた。

「まあね、お母さんにだって若い時はあったし、それに、ボーイフレンドの二人や三人はいたんだから」

そう言う加代子の声が華やいで聞こえた。

「ひょっとして、そのボーイフレンドがいなり寿司を好きだったりして」

冬子がおどけた口調でそう言うと、加代子は慌てて、

「ちょっと、何言ってんの、冬子ったら。いなり寿司なんか、男なら誰だって喜んで食べるわよ」

と照れ臭そうに言った。

そこに信孝が起きてきて口を挟んだ。

「朝っぱらから何の話だ？　いなり寿司で男でも釣る相談か？　全く、近頃の女の子は何を仕出かすか分からんからな。

おい、お母さん、あんまりおかしなことを冬子に教えるなよ。釣られた男が気の毒だからな。オレがいい証拠だよ」

情なさそうな顔をして自分を指差す信孝を見て、

「まあ、あなたったら！」

と加代子がぶつ真似をしたので、大笑いになった。冬子はそんな両親を見て、嬉しくなった。

ごはんに混ぜる具は、加代子が手早く煮つけてくれた。ごはんをさましながら、酢で味をつけ、細かく刻んだ具を混ぜこんだ。程よくさめたのを見計らって、既製品のいなり寿司の皮にごはんを詰め、全体を軽く手で包み、形を整えた。

冬子は手際良くいなり寿司を作る加代子の手許を見ながら、さすがは加代子だと感心した。

サンドイッチは、いつものようにハムやきゅうりやゆで玉子にマヨネーズやトマトケチャップを載せ、バターを引いた薄切りのパンに挟んだ。

いなり寿司を重箱に二重ね並べ、サンドイッチは一組ずつラップで包んで、タッパー箱に詰めた。

十時を過ぎると、加代子が時計を気にしながら冬子に声をかけた。

「少し早いかも知れないけど、そのご老人のお宅でお昼の準備をする前に持って行きなさい。二重手間になってはご迷惑だろうから。それに、雨が降ってきたら面倒よ」

冬子は「はい」と返事をしながら、薄地のレインコートをたたんで下に敷き、その上に重箱とタッパーを載せて風呂敷で包んだ。

ピクニックにでも行くみたいに、わくわくした気分で自転車の前籠に風呂敷包みを入れた。

久し振りにのんびりと自転車で走った。高校時代の通学路を走りながら、公園や団地内の木々の葉を見ると、雨に濡れたように光っている。紫陽花の葉も重たそうに枯葉をたれている。

三年前まで毎日通った道なのに、今の冬子の目に入るのは全く異なった景色である。景色というものは、見る人間の心によってさまざまに異なって見えるものなのだ、と冬子は改めて思った。

しばらく行くと、高速道路の橋脚が冬子の目の前に現れた。畑の中を我がもの顔にのさばっている巨大な建造物が、今にも冬子の方に迫って来るような気がして、素早くその下をくぐり抜けた。

この高速道路の建設に最後まで抵抗し、土地買収に応じなかったのが高倉老人だったと大木事務所で聞いた。

そのことを思い出し、もし自分が高倉老人の立場だったらどうしただろうか、と冬子は考えた。冬子は、この巨大なコンクリートの固まりを、何の条件もなく容認することは、自分にも出来ないかも知れないと思った。

何よりも、冬子はこの巨大なコンクリートの固まりがこわかったのだ。大きな蛇がのたうちまわっているように思えて、こわかったのだ。

そんな自分を、子供じみた人間だと思ったこともあるが、高倉老人も同じように思っているとすれば、あながち子供じみた考えだとも言えないのではないか、と冬子は思った。

公共事業、殊に巨額な国費を投入する高速道路の建設は、道路通過地域に住む人々の生活に大きな影響を及ぼす。

それと同時に、住民同士の心の和にくさびを打ち込み、「向こう三軒両隣」の絆をズタズタに切り裂いてしまうことが多い。

それ迄は細々と野菜を育てていた畑が突然、莫大な財産価値を持つ土地になり、平凡でつつましい生活をしていた人間を、周囲の人には目もくれない「セレブ」に変身させたりする。

一方、唯一の食糧生産地だった田んぼを強制的に買収され、市価よりも安く買いたたかれた農家の中には、泣く泣く手離す人もいる。その人たちは陽当たりも悪い新興住宅街の狭い家で、一消費者として、主食まで買って食べなければならなくなる。

目の前に積まれた札束の力に負けて、巨大事業の伸展を待ち望む人がいれば、目先の利便性よりも自然破壊や環境・生活の激変を憂慮して、巨大事業に反対する人もいるのである。

それに加えて、巨大事業の陰に潜む利権に群がりうごめく黒い人々の存在も耳に入ってくる。巨大な建造物がその地に現れる陰には、そこに生きてきた庶民の中に対立・怨恨・嫉妬・裏切りなど、さまざまな話題が生まれ、歴史となって地域に残る。

巨大なコンクリートの固まりである高速道路の脇道を自転車で走りながら、高倉福敬老人と小枝夫人が最後まで高速道路建設に反対した本当の理由は何だったのだろうか？　それを聞いてみたいと冬子は思った。

そんなことを考えながら自転車のペダルに力を入れると、高倉池の林が見えてきた。林の少し手前の交差点を左折し、高倉家へと急いだ。

「早目に行きなさい」

と言った母の加代子の気遣いが正解だったようだ。

高倉老人が庭の掃除をしているのが遠くから目に入った。冬子は門から玄関に続く道を急ぎ、高倉老人にあいさつをした。高倉老人はほうきを持ったまま驚いた顔で、白いシャツの袖をまくり上げた。

「おやおや、冬子ちゃん。ずい分、お早いお出ましですな。うちのばあさんなんか、やっと身支度をして、お茶の準備をしているところだよ」

「すみません。今日はうちの事務所の職員がみんなでお邪魔しますので、何かお手伝いできることがあったらと思いまして、少し早目に伺いました。

それにちょっと差し出がましいかと思ったんですが、皆さんに召し上がっていただこうかと思いまして、お昼用にいなり寿司とサンドイッチを少し作ってきました」

恥ずかしそうにそう言いながら、冬子が自転車の荷台の風呂敷包みに手をやると、高倉老人は尚も驚いた様子で、家の中に向かって大声で叫んだ。

「おーい、ばあさん、ちょっと出ておいでよ。冬子ちゃんが、冬子ちゃんがさ、いなり寿司を作ってきてくれたんだってさ」

何事かという顔で小枝夫人が玄関から出てきた。

「あら、冬子ちゃん、早いのね。ご苦労さま。それで冬子ちゃんがどうしたって言うんですか、おじいさん」

「冬子ちゃんがね、ばあさんの大好物のいなり寿司を作ってきてくれたんだって」

高倉老人が大袈裟に言うのがおかしくて、冬子は思わず笑ってしまった。

するとと、小枝夫人が「えっ」というふうに目を見開いて、

「どうして、冬子ちゃんは私の好物がいなり寿司だって分かったの?」

と言い、風呂敷包みに目をやり、それから冬子の顔をまじまじと見つめた。

何故、こんなに高倉夫妻が驚くのか、冬子は不思議に思いながら、

「いえ、別に私は………そんなに特別なものを作ってきた訳ではないんです。いつも家で、母が………」

冬子は何て説明したらよいのか分からなくなってしまった。そんなに驚かれるほど高価なものや珍しいものを持ってきた訳ではないのに。ひょっとしたら、場違いなことをしてしまったのかと思い、途方にくれた。

「ああ、そうだ。こんな所ではナンだから、早く家に入って。ね、冬子ちゃん」

高倉老人がやっと気がついたように、冬子の肩に手をかけてやさしく促した。

「そうよ、そうよ、冬子ちゃん、家に入ってちょうだい。ごめんなさいね、こんな所で大声出しちゃって。おじいさんが悪いのよ、あまり驚かすから」

「そうかい、そうかい。はいはい、ばあさんの言う通り、私が悪うございましたよ」

高倉老人がいつものおどけた口調に戻ったので、冬子もホッとして自転車から荷物

を下ろし、自転車は玄関脇に止めた。

風呂敷包みとバッグを持って広い玄関に入り、たたきの大きな御影石の足台に靴を脱ぎ、左側の部屋に目をやった。

そこは十二畳ほどの日本間である。中央には大きながっしりしたテーブルが置かれ、その周囲には厚い座布団が並べられている。テーブルの上には茶器とグラスを載せたお盆が見える。今日の大木会計事務所からの来客者のために準備してあるのだ。

「お邪魔します」

風呂敷包みを抱えて、冬子は台所の入口で声をかけた。

こぎれいな広い台所の真中にはテーブルがあり、一輪挿しに薄いピンクの小さな冬バラが開きかけていた。小枝夫人の好みなのだろう。

テーブルの周りには、まるで三人家族の食卓のように椅子が三脚置かれている。

壁際には大きな食器棚が二揃い並び、一方には和食器、もう一方にはグラス類やガラス食器が収納されている。

冬子の家のダイニングキッチンとは大違いである。

「冬子ちゃん、本当にありがとう。私も皆さんに手作りのお昼をお出ししようかと思ったのよ。だけど何しろ昔とったキネヅカがすっかり錆びついちゃったものだから、駅近くの料理屋さんから取り寄せるつもりでいたのよ。冬子ちゃんに気を遣わせてしまって申し訳ないわ」

小枝夫人はホッとした表情で、冬子にやさしく言った。

「いいえ、そんなに大それたものではないですから。かえって恥ずかしいくらいのものなんです」

冬子はそう言いながら風呂敷包みをほどき、重箱とタッパーの蓋を開けた。

冬子の手許を見つめていた小枝夫人は、冬子が開けた重箱とタッパーの中を見て、改めて驚いた。

「まあ、こんなに沢山作って下さったの？　いなり寿司とサンドイッチ、作るの大変だったでしょう。冬子ちゃんが今朝、一人で作ったの？」

「いいえ、私なんかまだ何もできないんです。サンドイッチくらいしか作れませんから。いなり寿司は母が手伝ってくれたって言うか、母が喜んで作ってくれたんです。母はいなり寿司を作るのが得意なんです。それに好きなんです、いなり寿司が……」

「そうだったの。本当にありがとう。お母さんにもお礼を申し上げなくちゃあね」

小枝夫人は何とも言えない優しそうな表情を浮かべながら、

「それじゃあ、私は果物とか煮物とか漬け物とか、そんなものを用意すればいいかしらね。冬子ちゃん、手伝って下さる？」

小枝夫人は食器戸棚から大きな皿を二枚出し、家の裏の竹藪から笹の葉を採ってきて布巾で拭き、その皿に敷いた。そこに冬子が持参したいなり寿司を程よく分けて並べ、ピンク色に染まった酢生姜を添えた。

水色のしゃれたガラス皿にはサンドイッチを並べ、その周囲にはレタス、スライスしたトマト、キュウリを配した。レタスもトマトもキュウリも自宅の前畑で採ったものらしく、新鮮そのものである。

冬子が持ってきたいなり寿司とサンドイッチが、小枝夫人の手にかかり立派な器に並べられると、見違えるほど上品な料理に見えるから不思議だ。

「器も料理のうち」だとは聞いてはいたが、こうして見るとその理由が分かるような気がして、冬子はまた一つ勉強をした気持ちになった。

小枝夫人の手料理は厚手の深い焼き物の皿に、こんもりと盛られた。

高倉老人がご自慢のキンカンの蜂蜜漬けは透明の深いガラスの壺で黄色く輝き、白菜の浅漬けも白い深手の容器にきれいに盛られ、細かくきざんだ柚の皮が散りばめられた。

果物には高倉家で実った柿が一人に一個ずつ、小皿に用意された。

「おお、立派な会食の準備ができたじゃないか。なあ、ばあさん。その辺の仕出しよりも心がこもっていると思うよ。なあ、ばあさん、よかった、よかった」

高倉老人は嬉しそうに、何度も小枝夫人に話しかけた。

「いやあね、ばあさん、ばあさんて。私、そんなに言われると、本当にばあさんになってしまったような気がしますよ。

ねえ、冬子ちゃん。私だってまだやらなくてはならないことが山ほどあるんですから、ばあさんなんかになってられませんよ！」

小枝夫人は鼻唄でも歌うような調子で、高倉老人に反撃した。

「はい、はい、そうでした。あなたが元気になってくれて、安心しましたよ。何故か、冬子ちゃんの顔を見ると、元気になるんですよね、ばあさん」

二人のやりとりを聞いていて、冬子は吹き出してしまった。

自分の両親も年とったら、こんなふうに言いたいことを言い合える夫婦になるのかしら、と今朝の加代子と信孝の顔を思い出しながら、高倉夫妻の楽し気な様子を見ていた。


ちょうど十二時に、庭先で車の停まる音がした。

「さすが会計事務所の皆さんだ。十二時と言ったら、かっきり十二時に見えたよ」

高倉老人が感心したように言いながら、玄関を開け、大木会計事務所の四人の面々を招じ入れた。

大木将郎所長、孝太郎副所長、岡田徹税理士、長谷川真澄税理士の四人だ。

四人はいつもより緊張した面持ちで玄関に入り、左側の和室のテーブルについた。和室の一間幅の床の間は黒檀の太い柱で支えられ、地袋は濃茶の欅材で囲われている。掛け軸は中国の杜甫の詩だ。恐らく、本場で手に入れたものだろう。その横には半間幅の第二の床の間が付いていて、桜材で仕上げてある地袋の上には生け花が活けてある。流派はよく分からないが、小枝夫人の手になるものだろう。庭先に咲いている小さな冬バラの花がここにも使われている。

四人はしばらく部屋の造作を観賞しながら、高倉夫妻を待った。

やがて、グレーのスーツに紺のネクタイ姿の高倉老人と、グレーの縁取りのある紺のスーツを着た小枝夫人があいさつに現れた。二人の姿は若々しく品があり、とても「老夫婦」とは呼べない雰囲気である。

大木事務所の四人は高倉夫妻の威厳のようなものに圧倒された感じで、改めて正座し直し、

「よろしくお願いします」

とあいさつをした。

高倉夫妻と大木事務所の四人とのあいさつが終わった頃を見計らって、冬子はお湯を入れた急須をお盆に載せ、部屋の入口で座ってあいさつをした。

「こんにちは、今日は遠い所をおいで下さいましてありがとうございます」

「おお、冬子ちゃん、もう来ていたの！」

「はい、私の家は近いですから、自転車でお先にお邪魔していました」

不思議そうな顔をしている大木所長に、冬子は笑いながらそう言った。

「そうなんですよ。冬子ちゃんに手伝ってもらって、大助かりでしたよ。なあ、ばあさん」

「本当に助かりました。何しろ昔とったキネヅカが」

そこまで小枝夫人が言うと、高倉老人がすかさず付け足した。

「ばあさんも昔は料理の名人でしたけどね。その頃のキネヅカがすっかり錆びついてしまったんですよ。ねえ、ばあさん」

それを聞いて、小枝夫人がチラッと高倉老人を睨んでみせたので、一同大笑いになった。

「でも、こんなにご馳走を用意して下さって。実は私共も少し調達してきたんですが、ちょっと恥ずかしいみたいね」

真澄が持参した紙袋から寿司折りを取り出しながらそう言った。

「いやいや、お心遣いありがとうございます。それも後から頂戴することにしまして、先ずは、私共が用意しました料理から召し上がって下さい。心を込めて作りましたから。昼間ですからお酒ではなく、温かい番茶を用意しましたので、先ずはこれで」

それぞれのコップに番茶が注がれた。


身なりを整えた高倉老人が番茶の入ったコップを持ち、歓迎の気持ちを込めてあいさつをした。

「よくおいで下さいました。ご多忙の中とは存じますが、私共のことを末長く御世話下さいますようにお願い致します」

「こちらこそ、ご期待にお応えするべく頑張りますので、よろしくお願い致します」

大木所長のあいさつに合わせ、事務所の四人もコップを目の高さまで上げて、軽くおじぎをした。

冬子も末席に座り、コップを手に載せて祈るような気持ちで、

（どうぞよろしくお願いします）

と、心の中でつぶやいた。


会食が始まった。

考えてみれば、すべて手作りのものばかりで、これが億万長者の食事かと不思議な感覚になるほど地味である。

アルコール類を出さないのは、食後の仕事が金銭や財産に関することであり、もし、間違いでも起こしては重大な過失として大木会計事務所の責任は免れない。それは高倉家の配慮だが、それにしてもささやかな会食である。

冬子が小皿に料理を取り、口に運んでいるうちに、岡田が誰にともなく言った。

「このいなり寿司、とてもおいしいけど、珍しいですね」

するとと真澄が、

「本当ね。関東では、いなり寿司の中は味のついたごはんだけかと思っていましたけど、具が入っているいなり寿司もあったのね。おいしいわ。私も今度作ってみようかしら」

と、中に入っている具を確かめるように見ながら、つぶやいた。

「うん、そう言われてみればそうだね。昔、どこかで食べたような記憶がない訳ではないが、でも、おいしいものはおいしいんだよ。ねえ、高倉さん」

大木所長がいなり寿司を頬張りながら、高倉夫妻に話しかけた。

その時だった。

小枝夫人が感極まったように泣き出したのである。

見ると、大粒の涙が頬を流れ落ちている。

突然の出来事に、大木事務所の四人は何事が起きたのかと、互いに顔を見合わせた。

小枝夫人の突然の涙に、何か気に障ることでも言ったのかと、一様に戸惑いの表情を浮かべた。

もっとも驚いたのは冬子だった。

(やっぱり余計なことをしてしまったのだろうか？　小枝夫人は気分を害したのだろうか？)

冬子はどうしたらよいのか分からず、高倉老人の顔を見た。夫人の涙の意味は何なのか、冬子は知りたいと思い、救いを求めるように高倉老人の顔をじっと見つめた。

高倉老人は夫人の肩に手をやり、困惑したようにしばらく黙っていた。みんな箸を止めて、高倉老人と小枝夫人の姿を見つめていた。

「やっぱり、こういうことになるんじゃないかと思ったよ。私も冬子ちゃんのいなり寿司を一口食べただけで、すぐに分かったよ、ばあさん」

それを聞いて大木事務所の四人はまたも驚いた。

「えっ、これ、冬子ちゃんが作ったいなり寿司だったんですか？」

「そうなんですよ。今朝、冬子ちゃんが家で作って持ってきてくれたんですよ。

しかしね、ばあさんの涙には理由があるんですよ。それはうちの息子に関することなんですけどね」

高倉老人は小枝夫人の肩を抱き、労るように言った。小枝夫人は目頭をおさえながら、コクンと頷いた。

「大木事務所の皆さんも、私共の家庭のことはいろいろ調査してご存知だと思いますからお話しますが、実は私共には一人息子がいたんですよ。

いたということは、大学院時代にある旅行をきっかけに行方不明になってしまったということです。今もって生死も判明せず、二十年以上も過ぎてしまいました。しかし、私共は今も息子の生存を信じているんです。特にばあさんは、絶対に息子はどこかで生きていると確信しているんです。

それは子供を産む女の直感のようなもので、私も同感なんです」

その一人息子は子供の頃からいなり寿司が大好物だった。高校生になると、母親からいなり寿司の作り方を教えてもらい、自分で作ったいなり寿司をお弁当に持って行くようになった。

最初の頃は友達に笑われたらしいが、大学に入ってからは同じサークルの女の子たちに食べさせたり、作り方を教えたこともあるらしい。それほどいなり寿司に凝っていたというのだ。

そして、今日、冬子が作って持ってきてくれたいなり寿司が、味も具も「息子のいなり寿司」とそっくり同じだった、という話である。

小枝夫人は、かつて自分が息子に教えたものと同じいなり寿司だとすぐに気づいた。そして、息子のことを思い、懐かしさに涙を流したのだと、高倉老人は説明した。

「いやいや、せっかくの食事中にこんな話になってしまい、誠に申し訳ない。さあ、もっと召し上がって下さい」

小枝夫人は心配そうに顔をのぞく高倉老人に、もう大丈夫というように頷きながら、

「ごめんなさいね。いい年をして、つい」

と、ちょっと恥ずかし気に涙をぬぐい、みんなに頭を下げた。

「そういうことだったんですか。しかし、それはすごく珍しい話ですね。しかも、それがわが大木会計事務所の冬子ちゃんとご縁のある話だったなんて。全く想定外の話

ですよ、私共にとっては」

孝太郎がいたく感じ入ったように、力を込めて語ると、大木会計事務所の他の三人も、そうだ、そうだ、というふうに頷き、冬子の顔を見た。


しかし、こんな偶然があるだろうか？

味覚は「親子相伝」だと言われる。幼い頃に一度覚えた味は、長じても忘れないということだろう。

巷には、結婚した男が母親の味恋しさに度々実家に帰り、そのために夫婦仲が悪くなってしまったという話もある。「マザコン」の根底にあったのは、母親の味だったということだろうか？

一方、賢い女は、夫の母親から料理を習い、「マザコン亭主」を味覚でまんまと自分に引き寄せたという話も聞いたことがある。

味覚は変わらないものかも知れない。

外国でどんなに珍しい料理や高価な食事を堪能しても、日本に帰ってくると、味噌汁だ、お茶漬けだと言い、それでも満足できず、馴染みの寿司屋に駆け込む日本人はザラにいる。

今、日本各地で取り上げられている郷土料理も、メディアで大騒ぎされている「B級グルメ」も、元はと言えば、その地にあった先祖伝来の料理である。

それに多少は現代風な食材で豪華さを付加したとしても、味そのものがすっかり変化している訳ではない。その地で採れた「山の幸」や「海の幸」で工夫を凝らしはするが、その味覚は家庭ごとに、地域ごとに、民族ごとに、相伝していくのである。

高倉夫妻の一人息子の話を聞いて、大木事務所の面々は改めて驚いたのだが、冬子は特に強い衝撃を受けた。

自分が持ってきた「いなり寿司」を食べた小枝夫人が、涙を流して泣いたことに驚いたのは勿論だが、その味は「夫人が息子に教えたものだ」という話に殊更、強い衝撃を受けたのだ。

今日のいなり寿司は母の加代子が作ったものである。その味や中に入っている具について、冬子たち家族は極くありふれた普通のものだと、ずっと思ってきた。どこの家庭でもこんなふうに酢飯に細かく刻んだ具を入れて作るものだと思っていた。

だが、それが小枝夫人が息子に教えたものと同じだとは、どういうことだろう？

高倉夫妻の一人息子が大学生時代に、同じサークルの女子学生に作り方を教えたという。それではその女子学生の中に母の加代子がいたということだろうか？

冬子は胸に錘のようなものが沈むのを感じた。

母の加代子の若い頃の話、殊に大学生時代の話を聞いたことはあまりない。

どこの母親もそうかも知れないが、子育てに夢中になっている頃はもとより、子供が手を離れる頃になると、子供の教育費の足しにと、パートに出たりして、自分の若い頃のことを逐一、子供に話して聞かせる暇もない。

だから親の若い頃のことを知っている子供はめったにいないのである。

親が死んでしまってから初めて、「親のことをもっと知りたかった」と悔やむのが普通の話であろう。

冬子は、想像もしていなかったことから、もしかしたら、母の加代子につながる話を聞くことになるかも知れない。そう考えると、急に不安のようなものが胸をかすめて、その場にいたたまれない気持ちになった。

台所に立ち、一呼吸ついてからポットのお湯を急須に注ぎ、座敷に戻った。

「この煮物も漬けものもおいしいですなあ。キンカンの蜂蜜漬けはまた格別で、健康のために良さそうですなあ」

大木所長が大きな声で言った。

和やかな食事会が、小枝夫人の涙で思わぬ方向に変わってしまったのを元に戻すかのように、高倉夫妻も明るい表情を取り戻し、

「そうですか、そうですか。それは良かった。キンカンはわが家で実ったものなんですよ。煮物も漬けものも自家生産品ですし、味付けは勿論、素人ですが、ちょっと自信はあるんです」

高倉老人の少し得意気な様子に、またひとしきり、夫人の手料理をほめる言葉が続

いた。

小枝夫人も久し振りに料理の腕が振るえて嬉しかったのだろう。皿に盛られた料理が残らずなくなったのを見て、冬子に笑顔を向けた。

冬子も、（良かったですね）という意味を込めて微笑み返した。


小枝夫人と冬子が二人で食事の後片付けをしている間に、座敷のテーブルには高倉老人が金庫から取り出した書類が山と積まれた。

「これが過去十年分の確定申告書類です。その他に税金・保険・医療・年金・ばあさん担当の家計簿など参考になりましたらと思いましていろいろまとめておきました」

そこには確定申告書・株式配当・年金・所得税・固定資産税・住民税（県・市）・社会保険税・都市計画税・介護保険税・医療費・生命保険料・健康保険税・自動車税・配偶者控除・請求書・納品書・受領書・領収書・光熱上下水道料金請求書・レシート・家計簿などが、きちんと分類されていた。

大木事務所の面々はそれらを手にとり、目を通していたが、岡田が感心したように言った。

「ずい分、しっかり整理されていますね。素人の方がやったとは思えないくらいです。高倉さんは何かこの方面の仕事をされた経験がおありなんですか？」

「いやいや、そんなことはありません。私は一百姓に過ぎませんが、この高速道路建設の話があった折に、少し心が動きました。

　遠い先祖たちがこの地を開拓し、代々譲られてきた自分の財産は自分で守るしかないのだと思いました。また、息子が帰ってきたら、いつでも引き継ぎができるようにと思いましてね。

　しかし、もう限界です。偶然にも、冬子ちゃんと知り合えたのも何かの巡り合わせだと思いましたし、今日、皆さんとご一緒に食事して、また〝ご先祖様からの贈りもの〟を戴いたような気がしました。

　これから私共は、私共夫婦でしか出来ないことをするために、皆さん方のお力をお借りしたいと思います」

「ご夫婦でしか出来ないことって、それは一体何ですか？　もしよろしかったら、私共にも教えて頂けませんか？」

大木所長が高倉老人の顔を真正面から見て言った。

高倉老人は一呼吸置いてから、

「息子です。息子のことを徹底的に探してみようと思うんです。

これ迄も手を尽くしてはきたんですが、警察の手を借りても駄目だということが分かりました。何度も警察に行きましたが、行方不明者などは掃いて捨てるほどいるんですね。何か事件が起きなければ警察は動きません。

私共夫婦の命も、そう長くはないでしょう。ですから、私共は息子のことに二人の余命をすべて賭けたいと思っているんです。

そんな意味で、今日は記念すべき日になるかも知れません。

冬子ちゃんのいなり寿司が息子を探す大きな手がかりになるかも知れないと直感しました。これは肉親としての第六感です。否、『天地の神の啓示』かも知れません。体の中に力が湧いてきたような気がします。

これも皆さんが今日、わが家に来て下さることになったからです。大変ありがたく思っています。わが家のものは皆さんに守って戴けるかと思うと、私共は心おきなく息子のことに集中できると思います」

小枝夫人も、目に涙をたたえて、

「どうかよろしくお願い致します。私はもう一度、息子の顔を見なければ、死んでも死に切れません。

私が命がけで、やっと産んだ息子ですから」

と、固い決意を見せた。

命がけで産んだ息子、行方不明になっているひとり息子を探すことに専念したいと涙を流す小枝夫人の姿が痛々しくて、冬子は台所へ行き、そっと涙をふいた。

(どうしてだろう？　どうしてこんなに涙が出るのかしら？)

親が子を思い、子が親を慕う気持ちはみんな同じだと思うのに、小枝夫人の姿を見ると、何故か涙が出てくる。それは、小枝夫人の「命がけで産んだ息子」という言葉が、体中からしぼり出された絶叫のように聞こえたからだろうか？

それとも、女が子どもを産み、母親になるということの厳粛さが、小枝夫人の体中からほとばしり出るように感じられたからだろうか？

冬子はお茶を入れ替える準備をしながら、改めて小枝夫人の心の奥底に潜む「母親の執念」に触れたような気がした。

そして、小枝夫人が命がけでこの世に送り出した息子とは一体、どんな人なのだろうかと思い巡らせた。


ささやかな食事会だったが、和やかなうちに互いの信頼関係を築くことが出来た。安心して財産管理を依頼することが出来た高倉夫妻だったが、最後に高倉老人が口ごもるような遠慮がちな物言いで、こんなことを言った。

「これで、私共夫婦は、ご先祖様から背負わされた重たい荷物を、少し軽くすることが出来たような気持ちになりました。大変ありがたく思います。それで、そのついでと言ってはナンですが、これは、ばあさんからのお願いなんですが………」

高倉夫妻はそっと顔を見合わせ、秘めごとでも打ちあけるように頷き合った。

「はい、何でしょうか？　当会計事務所としてできることでしたら、何なりと……」

孝太郎が膝を乗り出して高倉老人に向き合った。

「冬子ちゃんを、一ヶ月に二度ほど、お貸し願えませんか？」

「えっ、冬子ちゃんをですか？　冬子ちゃんが何か……」

みんなの視線が一斉に冬子に集まった。冬子は一瞬、身を硬くして、高倉老人の顔を見た。

「いやいや、こんな言い方をして、冬子ちゃんを驚かせて申し訳ない。うちのばあさんがね、冬子ちゃんに茶道と華道を教えたいって言うんですよ。まあ、簡単に言いますと、お茶と生け花なんですけどね。

冬子ちゃんをお弟子にしたいって言うんですよ。うちのばあさんが……」

張りつめた空気が一遍に緩み、みんなの顔が笑顔に変わった。

「ああ、そういうことだったんですか。それはもう、ねえ、冬子ちゃん」

孝太郎がやさしく冬子に声をかけた。高倉老人がさらに遠慮気味に言う。

「ああ、あの、勿論、土曜日か日曜日でいいんですが。一応、皆さんのご了解を頂いてから、冬子ちゃんに改めてお願いしようかと思っていたもんですから。いくら土日と言いましても、皆さんに知っておいて頂いた方が良いのではないかと思いましてね」

大木会計事務所の四人は高倉老人の話の真意を推しはかるかのように高倉夫妻の顔を見た。そして、その視線が再び冬子の方に移っていった。

六人の大人の視線の中で、冬子はただ、

(何故？　どうして私が？)

驚きを声にも出せず、おろおろと戸惑いばかりが体中に広がっていくのを感じた。

冬子は大木所長から順に一人ずつ、みんなの顔を見つめた。みんなやさしく笑っていた。

(どうして、みんな笑っているの？)

冬子は、今にも泣き出しそうになりながら、最後に小枝夫人の顔を見た。その途端、冬子の瞳に涙が溢れた。

小枝夫人は、

（大丈夫よ、冬子ちゃん！）

というふうに目をしばたいて、冬子にほほえみかけた。

そのやわらかい笑みが、冬子の胸の錘を溶かしてくれるように思えた。

大木所長がきっぱりとした口調で言った。

「私共としましては、何の支障もありません。冬子ちゃんがお茶と生け花を教えていただいたら、殺風景なわが大木事務所にも潤いが出てくるかも知れません。冬子ちゃんにお花を生けてもらったり、おいしいお茶を入れてもらったり、今から期待しちゃいますよ。

それに、わが大木事務所が土・日でも忙しいことなど、一年に何度もありませんから、どうぞ、ご心配なく」

大木所長がそう言いながらみんなの顔を見た。岡田が大きく頷きながら、

「冬子ちゃん、夫人にお茶と生け花を教えて頂きなさい。立派な花嫁修業、なんて言ってはいけないね、真澄さん？　今は花嫁修業ではなくて、自分の心の栄養になるんでしたよね、真澄さん？」

岡田の話にみんなが笑い出した。

中でも真澄は吹き出しそうに笑いながら、

「そうね。とてもいい機会だわね。私も教えてもらいたいくらいよ。一対一で師匠と弟子が向き合って修業ができるなんて、願ってもない、普通の人には叶えられないことだわ」

真澄が本気でうらやましそうな顔をして、冬子の顔をのぞき込んだ。

冬子はただ「はい」とだけ答えて、膝に置いた手を握り締めた。大木事務所の四人のメンバーが後押ししてくれることが、何よりも心強く思えた。


けれど、茶道と華道を勉強することが自分の人生にどのような意味を持つのか、冬子には皆目見当がつかなかった。

友人や知り合いの中にも、茶道や華道を本格的に勉強している人がいるとは聞いたことがない。英語やエアロビクスや、少し変わった人では太極拳を習っている人はいる。英語は外国旅行や商社の社員には必要不可欠であり、冬子も時間に余裕ができたら勉強したいと思っていた。

エアロビクスは若者から中高年に至る人達に人気があり、各駅の前にはどこにもエアロビクス教室があるくらいである。美容と健康のためには、今やらなくてはならない文化と言える。

太極拳を習っている人も案外多いようである。市内の各公民館には必ず太極拳のサークルがあり、中高老年の運動として市民権を得た観がある。

太極拳のサークルの中では、みんなで中国に行き、天安門広場で何千人もの中国の人々と一緒に、太極拳を本場で経験することを楽しみにしているとも聞く。

茶道と華道は日本古来の習いごととして、日本人なら誰でも知っている。

しかし、その世界には、外部からは想像もできない上下関係や厳しい制度があり、資格を得るためには、それ相応の教養と経済力がなければならないと、冬子は聞いたことがある。

⑾　息子への愛

財産管理を大木会計事務所に依頼した高倉福敬・小枝夫妻は、素速く行動を開始した。夫妻の一人息子・敬信が何を考え、どのように行動し、何故、両親の前から姿を消すことになったのか？

それをもう一度、自分たちの手で調べ直してみようと決心したのである。

身内の人間が「行方不明」になったとしたら、先ず誰でも最初に警察を頼る。そして、警察からの知らせを一日千秋の思いで待つ。

しかし、警察という所は、それが何らかの「事故」か、「事件」につながらない限り、何の力にもなってくれないのである。

そのことが分かっても、尚かつ、何らかの手掛りを求めて、警察にすがろうとするのが大多数の庶民の気持ちである。

高倉夫妻はそのことに気づき、後悔した。

だが、それでは親としてどうしたらよいのか、親に何が出来るのか、その方法に深く思い悩んだ。

そんな日々を過すうちに、小枝夫人は心痛のあまり体調を崩し、寝込むことが多くなった。もともと頑丈な体格ではなかった上に、出産時の後遺症が重なり、体調不良に輪をかけた。

小枝夫人は若い頃から茶道と華道に打ち込み、師範としての腕前を持って都内の専門学校で講師を務めるほど、才能豊かな女性であった。しかし、それらの仕事もすべて辞め、療養しなければならなくなったのである。


高倉夫妻がやっと第一子に恵まれたのは小枝夫人が三十五歳の秋のことであった。夫妻の喜びは大きかったが、お産は重かった。高齢初産である上に、逆児であったから、産婦人科の医師は当然のように「帝王切開」を勧めた。

逆児だからと言って「帝王切開」でなければならないとは限らない。普通分娩で出産する場合もよくあるのだが、無事に出産できるのならばと、夫妻は「帝王切開」による分娩を医師に依頼した。

胎児は無事に生まれ、大きな初声を上げて夫妻を喜ばせてくれた。高倉夫妻にとって夢のような幸せなひとときであった。

しかし、夫妻の幸せな時間も長くは続かなかった。

小枝夫人の産後の出血が止まらなかったのである。出血多量で母体が危険な状態に陥り、輸血を受けざるを得なくなった。

この輸血が、後に災いをもたらすとは夢にも思わなかった。

出産後、二週間ほど病院にとどまり、輸血を受けながら体力の回復をはかり、小枝夫人が家に戻ったのは産後十五日目であった。

小枝夫人は生まれたばかりの敬信の世話に明け暮れ、敬信がよく眠っている時には畑の仕事の手伝いをした。それは小枝夫人にとって人生最良の日々であった。

しかし、当時、各地で輸血による「血清肝炎」が多発し、社会問題になり始めていた。

「血清肝炎」の原因と発症時期はさまざまであり、過去の予防注射の針が原因だとする説がある一方で、「売血」による不健康な血液を輸血されて発症する例もあった。

特に、小枝夫人のように多量の輸血を受けた場合は「血清肝炎」の発症が速く、かつ重篤な症状を呈した。その重篤な症状が、命がけで出産した小枝夫人を襲い、育児と闘病生活の間で高倉夫妻を苦しめた。

それでも小枝夫人は一人息子の敬信に愛情を注ぎ、福敬老人は先祖伝来の広い農地と家屋敷を守るために懸命に働いてきたのである。

そんな両親の苦労も心配もよそに、一人息子の敬信の発育は至極順調だった。

小枝夫人が「血清肝炎」だったために、母乳は飲むことが出来なかったが、その代り、ミルクをよく飲み、よく眠った。ミルクを多く飲むようになると、その分、睡眠時間も長くなり、おむつがぐっしょりになるくらいまで敬信はよく眠った。

敬信の体重は標準を超えて増え続け、高倉夫妻を安心させた。体調不良の続く小枝夫人は「血清肝炎」の治療を受けながら、敬信の世話を続けたが、敬信の成長と共に体調も回復するのを感じ始めていた。

「子宝」とはよく言ったものである。

高倉夫妻にとって、一人息子の存在はまさに「宝」そのものであり、幼い敬信の笑顔が小枝夫人にとっては「百薬の長」となった。この「宝」を守るためなら、どんな苦労もいとわない、と夫妻はよく話し合った。


敬信は地元の鶴ヶ島市立の中学校を卒業後、隣の川越市にある埼玉県立K高校に進学した。県立K高校は明治三十二年創立の男子校で、いわゆる「ナンバースクール」である。

私立高校に進学する生徒は別にして、創立以来、埼玉西部地区の市町村にある中学校では、成績優秀な男子生徒は、先ずこの県立K高校を目指して勉強した。

敬信も、文武両道に秀でるその県立K高校に合格して、両親を喜ばせた。

実は、父親の福敬老人もこのK高校の卒業生であったから、二重の喜びとなった。

小枝夫人は早速「赤飯」といなり寿司を作り、親子三人のお祝いの席を設けた。

敬信は、

「お父さん、お母さん、ありがとう。お父さんがK高校の卒業生だったから、ボクは最初から迷うこともなく目標校を持って勉強できて良かったよ。友達の中には、いろいろ迷って、二次志望や三次志望まで受験した子がいて、ちょっと可愛想だったよ。お陰でボクは一校しか受験しなかったから、その分、受験料を親孝行したかな？」

と言い、おどけた表情で笑った。

「それはそれは、家計を助けてくれて、ありがとうございました。お陰でお父さんもお母さんも餓死しないで済みました」

福敬老人もおどけて大袈裟に頭を下げたので、大笑いになった。

「その代わりと言ってはナンですが、ボク、電車通学をしたいんです。その方が何となく高校生になったような気分になれるから」

敬信がそう言ったので、両親は顔を見合わせた。

鶴ヶ島の自宅から県立K高校までは自転車で充分に通学できる。否、自転車の方が時間を自由に使えるのではないか。

なのに、敬信は自宅から鶴ヶ島駅までわざわざ自転車で行き、東武東上線で川越市駅で下車してK高校まで歩くのだと言うのである。

たった二駅だというのに、電車通学をしたいと言う敬信の言い分に、電車に乗りたい理由が他にあるのだろうと夫妻は笑い、息子の意志に任せることにしたのだった。

高倉福敬・小枝夫妻の一人息子・敬信が通う県立K高校は、その昔の河越城跡地内にあり、川越市駅から徒歩で十五分程の所であった。通学路は、川越の古い町並みを斜めに走る形で、町中を見事に通り抜けていた。

歴史好きの敬信は、この町並みが好きだったのだろう。決まりきった表通りだけでなく、時には裏通りや菓子屋横丁の方にも足をのばした。

観光用の表通りの「蔵造り」だけではなく、それを支えて生活してきた町の人々の姿にも興味を持っていたのである。町角に小さな発見があると、夕食時に両親によくそれを報告した。

敬信のいかにも得意気な報告振りがおかしくて、夫妻は顔を見合わせて笑った。それは何よりも幸せなひとときであった。

息子・敬信の笑顔は小枝夫人の体調にとって最高の良薬であり、福敬老人にとって農事への大きなエネルギーになったのであった。

敬信の高校生活は順調に見えた。公開模擬試験などにも積極的に挑戦し、かなりの成績をおさめていたようであった。

高倉夫妻は、そんな息子の生き生きした学校生活を安心して見ていた。

図書館からも度々、本を借りてきては読書にも没頭している様子が頼もしくもあり、将来が楽しみでもあった

県立K高校の校内には、太いくすの木が枝を広げていた。その重そうな枝の広がりが、この学校の歴史を誇っているように見える。

くすの木は記念樹として日本全国に植えられている。成長が比較的速く、生命力が強いからだと言われているが、その一面では、成長した姿がどっしりとして優雅さを

感じさせるものがあることから、多くの人々の心を魅きつけるのだろう。

このK高校のくすの木も日々、生徒たちを見守る親のように力強く堂々としている。

高倉福敬・小枝夫妻は、校門近くのくすの木を見上げ、しばらく立ち尽くしていた。久し振りに旧知の人に会ったような懐かしさをおぼえたようだった。

校門を入ると左側に校舎があり、一階の手前には事務室がある。右側には図書館があり、その奥には体育館やプール、テニスコートがある。更にその奥には校庭が広がっている。

体育館の方から時折、若者らしい声が聞こえてくるが、全体として落ち着いた雰囲気が漂っている。授業時間中のせいか、ここに七百人近い男子生徒たちがいるとは思えない静寂さである。

「久し振りですね。このくすの木、ひと回り大きく立派になりましたね」

小枝夫人が感嘆の声を上げた。

「うん、そうだね。敬信の入学式以来だからね。しかし、この落ち着いた雰囲気は相変わらずだね。少しも変わっていない」

福敬老人も懐かしさを込めて言った。

「本当ですね。入学式の時の敬信たら、まるで幼稚園児みたいにはしゃいで。お父さんの母校に入学出来たことが、余程うれしかったんでしょうね。今でもあの時の顔が目に浮かんでくるわ。それに、こうしていると、今にも敬信が校庭の方から走って来るような気がして……」

福敬老人は、そんな小枝夫人の肩にやさしく手を置いた。

「まるで時間が止まったような気がするね。二十年以上も前に戻ったような錯覚に陥ってしまいそうだよ。

でも、こうしてはいられない。せっかくここまで来たのだから、せめて敬信がよく出入りしていたらしい図書館にでも行ってみようじゃないか。ちょっと図書館の中を見せてもらえるか、聞いてみよう」

「そうですね。あの子は小さい時から本が好きでしたからね。高校に進学する時も、図書館がちゃんとした学校がいいなんて、生意気なことも言っていましたね」

「そうそう、そうだった。是非見せてもらおう。二十年以上も前の卒業生の親でも、息子が好きな所だったと言えば、きっと見せてくれるんじゃないかな」

そう言いながら、福敬老人は恐る恐る図書館のドアーを押した。入口の左側にカウンターがあり、受付けの女性が二人いた。

書類に目を落としていた女性が、フッと顔を上げ、ちょっと驚いた様子で高倉夫妻に声をかけた。

「いらっしゃいませ。こちらは学校の図書館でございますが、何か御用でいらっしゃいますか？」

四十代と思われるその女性は、ていねいな言葉でそう問いかけてきた。

「いやいや、突然、おじゃま致しまして申し訳ありません。実は、こちらを卒業しました息子が図書館を好きだったものですから、どんな所かと思いまして……」

「ああ、そうですか。よくいらして下さいました。それで、息子さんは、いつ、卒業なさったんでしょうか？」

「いやいや、ずい分昔のことでして、もうかれこれ二十五年以上も前のことで……」

すると、もう一人の若い方の女性が目をパチパチさせながら言った。

「あら、ずい分昔のことですね。でも、泉田先生なら、その頃のことをご存知かも知れませんよ。まるで生き辞引きみたいな先生ですから」

そう言いながら、若い女性は年上の女性の方を見た。

二人の女性は高倉夫妻の出現に興味を持ったようだ。

「せっかくいらして下さったんですから、ちょっと泉田先生とお話していらっしゃいませんか？　息子さんが図書館をお好きだったなんて聞いたら、きっと泉田先生も喜ばれますよ」

年上の女性はそう言いながら、内線電話を手にした。

高倉夫妻は思わず顔を見合わせた。こんな展開は想定外のことであったから、戸惑ってしまったのだ。

間もなく、図書館の奥のドアーを開けて現れたのは、大柄で白髪の男性だった。ゆったりした足取りで受付けに近づいて来た男性は、

「お待たせしました。私が図書館司書の泉田達郎です」

そう言いながら、名刺を福敬老人に差し出した。福敬老人は恐縮し、慌てて胸の内

ポケットから名刺を出して交換した。

「ほう、高倉さんとおっしゃいますか？　ちょっと珍しいお名前ですね。よくおいで下さいました。生徒のご両親が図書館にお見えになるなんて、嬉しいですね。あちらでちょっとお話していらっしゃいませんか」

図書館司書の泉田達郎先生は部屋の中央にあるソファーを指差した。


受付の年上の女性が高倉夫妻に微笑みかけながら、

「泉田先生、今、お茶をお持ちしますから」

と言って、部屋の奥の方に向かった。泉田先生が二人の女性から尊敬されていることが、そのていねいな言葉遣いから察せられた。

「うん、ありがとう。それじゃあ、どうぞ、こちらへ」

泉田先生はソファーにゆっくりと腰を下ろすと、高倉夫妻に「どうぞ」というふうに向かい側のソファーを勧めた。

福敬老人は周囲の書架を眺めながら、

「本に囲まれて生活するのもいいものですね。私はついぞ一度も図書館に足を踏み入れることもなく、この学校を卒業してしまいました。今、考えると、勿体ないことをしたと思います。

いつも、早く帰宅して畑の仕事を手伝わなければなりませんでしたから、仕方がなかったのですが」

「えっ、高倉さんもこの学校の卒業生でしたか。じゃあ、私の先輩ということになりますね。それはそれは……。ところで、息子さんは図書館が好きだったそうですが、お名前は何とおっしゃいますか？　図書館に出入りしていた生徒の名前は、大抵、覚えていますから」

泉田先生はひと言ひと言、かみしめるような口調で話しながら、生徒の名前を覚えている、と自信を持って言った。

福敬老人はその言葉につられるように、

「高倉敬信といいます。タカノブと言うんですが、もしかしたらケイシンと呼ばれていたかも知れません」

そこまで言うと、泉田先生は膝を軽くたたいて言った。

「ああ、ケイシン君。高倉ケイシン君ならよく覚えていますよ。ケイシン君は飛び抜けて本が好きでしたから、忘れもしませんよ。ケイシン君には図書館から皆勤賞をあげたいくらいでしたからね。図書館が好きって言うか、本を愛しているって言った方が当たっているかな。何しろ、本に没入していましたね。

どうしたらあんなに本好きな子供になるのか、逆にこちらからご両親にお聞きしたいくらいでしたね。特に歴史ものが好きでしたね。大学受験にはあまり役に立ちそうもないアジアの古代史などをよく読んでいましたよ」

泉田先生の学者風の静かな言葉が、高倉夫妻の胸に温かくしみた。

「ありがとうございます。そんな風に息子のことを見ていて下さったんですね。息子はそれが嬉しかったんだと思います」

福敬老人の言葉に続けて、小枝夫人が目をうるませながら言った。

「息子が小さい頃は、よく読み聞かせをしました。きっと、物語の中に入っているのが幸せだったのだと思います。高校生になってからは、先生のような方が図書館にいらっしゃって、息子は嬉しかったのだと思います」

泉田先生は息子のことを語る高倉夫妻の姿をじっと見つめていた。

「今、ご両親のお話を伺っていまして、フッと感じたんですが、もしかしたら、息子さん、ケイシン君は……今……」

「はい、お察しの通りです。行方不明になって……二十年以上過ぎました」

泉田先生は「やっぱり」という風に小さく肯き、また「何故？」といった表情を高倉夫妻に向けた。

「そうでしたか。……ケイシン君は確か山梨中央大学に進学したんですよね。自分の家の歴史とかルーツを調べるために」

泉田先生は、フッと思い出したように言った。

「えっ、泉田先生はそんなことまでご存知だったんですか。何故、山梨中央大学に行きたいのか、息子は私共には話してくれなかったんです。担任の先生からは、東京のいわゆる六大学と呼ばれている大学にも合格出来ると言われたそうなんですが……」

それを聞いた小枝夫人が、福敬老人に顔を向け、かすかに首を横に振った。

「いいえ、息子は、タカノブは何か悩んでいたのではないでしょうか。ただ自分の家の歴史を知りたいだけなら、山梨中央大学に行かなくても調べられたはずです。泉田先生には何かご相談したのではないでしょうか？」

小枝夫人は身を乗り出し、すがるような目を泉田先生に向けた。

泉田先生はそんな小枝夫人の差し迫った姿にたじろぎながらも、背筋を正すように座り直した。

「そうだったんですか。ケイシン君はご両親に心配かけないように、気を遣っていたんですね。表面はいつも明るくて、屈託ない生徒に見えましたが……」

泉田先生は天井に視線を移し、何かを思い出したように一人肯いた。

「先生、やっぱり何かあったんですね。お願いします。私共は驚きませんから、是非教えて下さい。タカノブに何かあったんでしょうか？　息子は何を悩んでいたんでしょうか？　何故、山梨中央大学に進学したんでしょうか？」

泉田先生は、何から話したものかと考える風に、しばらく黙って高倉夫妻の顔を交互に見ていた。

そこに年上の女性がお茶を運んで来た。三人の前のテーブルにお茶を置きながら、泉田先生にささやくように言った。

「泉田先生、今日は定時制の担当者との話合いの日なのですが、どう致しましょうか。明日に延期致しましょうか」

「ああ、そうだったね。今日だったね」

泉田先生は女性の方に肯きながら、

「実はボクは日記をつけていましてね。その日の学校の出来事や図書館や生徒たちの様子などをかなり詳しく書いているんです」

そこまで言うと受付の女性が笑いながら言った。

「そうなんですよ。泉田先生の日記は有名なんです。新しくこの学校にいらした先生方なんかは以前のことをご存知ないですから、困った時には泉田先生の日記を頼りにしていらっしゃるんですよ。

ですから、泉田先生のことを〝生き辞引き〟なんて……」

「まあ、それが私の趣味みたいなものですから、ケイシン君のことも詳しく書いてあるはずです。ボクの記憶にしっかり残っている生徒でしたから」

「日記ですか？　先生の日記に、息子のことが書いてあるんですか？」

泉田先生の意外な話に、高倉夫妻は驚いた。自分の息子のことが高校の図書館司書の先生の日記に書いてあるなどとは夢想だにしないことであった。

息子の敬信について、どんなことが書いてあるのだろう？

自分たち親の知らないことが書いてあるのだろうか？


泉田先生の日記の話に、高倉夫妻は衝撃を受けた。

「先生、先生の日記に書いてある息子のことを是非、教えていただきたいと思います。私共は迂闊な親だったかも知れません。息子が何を悩んでいたのか……。ですが、私共はまた出直してまいります。今日は突然、伺ってしまいまして、先生のお仕事のお邪魔をしては申し訳ありませんから、近日中にまた……」

福敬老人は少しうろたえ気味にそう言って、受付けの女性に頭を下げた。

小枝夫人も立ち上がり、頭を深く下げながら言った。

「また、伺います。きっと、また伺います。私共にお力をお貸し下さい。お願い致します。どうか、お願い致します」

「そうですか？　うん、その方が良いかも知れませんね。

私も記憶だけに頼って、もし間違ったことを申し上げてはいけませんので、少し時間が必要かも知れません。ゆっくりお話した方が良いかも知れませんね」

泉田先生は高倉夫妻の必死な姿をいたわるように、図書館の入口まで送って来た。

「ご両親にとって良い情報になるかどうか判りませんが、ケイシン君と親しかった卒業生がいるかも知れませんから、連絡をとってみましょう。

その時の担任の先生は……残念ながら亡くなられてしまいました。

ただ、歴史クラブの顧問の先生は定年退職されましたが、まだお元気で隣りの狭山市に住んでいらっしゃいますから、その先生にもお聞きしておきましょう。

是非、またおいで下さい。お待ちしておりますから」

泉田先生の情味溢れる言葉に、高倉夫妻は強く背中を押され、深々と頭を下げて図書館を後にした。

大きな感動が全身を包んでいた。

二人は校内を出る時、くすの木にも思わず深々と頭を下げた。


息子・敬信の足跡をたどるために行動を開始した初日、高倉夫妻は言葉にならない何かに導かれているように感じた。

「敬信が、どこかで、私たちのことを見ているのね。きっと、そうよ、きっと」

小枝夫人が夕食のテーブルを前にして、つぶやくように言った。

「どうして、もっと早くK高校に行かなかったんだろう。何て迂闊だったんだろう。警察ばかり頼っていたのが間違いだったんだ！

そう言えば、敬信が時々、泉田先生の名前を言っていたような気がする」

福敬老人は、テーブルに置いた手を固く握り、口惜しそうに「トン」とテーブルをたたいた。

すると、小枝夫人も思い出したように、

「本当にそうね。そう言われれば、私も思い出すわ。

担任の先生ではないのに、どうして泉田先生の名前が出てくるのか、気になったこともあったのよ。

泉田先生って、一体、誰だろうって思ったこともあったわ」

高倉夫妻は夕食の箸を動かすのも忘れて、今日の出来事を思い出していた。

⑿　加代子の驚愕

一方、小枝夫人の冬子に対する茶道と華道の指導は、約束通り十二月から始められることになった。

小枝夫人は喜んだ。まるで孫娘にお稽古をつけるおばあちゃんのように、うきうきした気分でその日を待っていた。

第一日曜日が茶道、第三日曜日が華道ということになった。

しかし、冬子はその日が近づくにつれて気が重くなってきた。

冬子も小枝夫人は好きである。小枝夫人が傍にいるだけで心が静まるのを感じる。だからと言って、何故、小枝夫人が自分に茶道や華道を教えてくれることになるのか。何のために自分が小枝夫人の弟子として茶道や華道を勉強するのか。

小枝夫人の弟子になる人は他にもいるのではないか。もっと裕福な家の娘か、その道の家系のお嬢さんがいるのではないか。

冬子は、自分の人生と茶道や華道の修業がどうしても結びつかなかっただけに、どうしたら良いのか思い悩んだ。

最初の稽古日を二日後に控えて、冬子は夕食の席で思い切って話し始めた。

「あのね、私、ちょっと相談したいって言うか、お父さんやお母さん、それに直美の意見を聞きたいって言うか……」

何でも自分で考え行動してきた冬子が、珍しくみんなに相談に乗って欲しいと言う。

何の話だろうと母の加代子は信孝の顔を見て、首をかしげた。信孝も、何の心当たりもない、というふうに首をかしげ、直美の顔を見た。

直美がそんな両親の顔を眺めて言った。

「何なの？　お姉ちゃん。そんな深刻な顔しちゃって。まさか、ひょっとして、誰かにプロポーズでもされたなんて言うんじゃないでしょうね」

「えっ、プロポーズ？　本当？　冬子ったら誰にプロポーズされたの？　はっきり言いなさいよ」

加代子は目を丸くして、大きな声で冬子に迫った。

冬子は驚いた。プロポーズ？　それって誰の話？　そう思って、慌てて直美の顔を見た。

「なんだ、そうじゃないの？　驚かせないでよ、お姉ちゃんたら。プロポーズされたとか、宝くじで一億円当たったとか。今どき、そんな深刻な顔をするようなこと、他に何かあるの？　私、忙しいんだから、早く話してよ」

直美がイライラした様子で、スリッパをバタバタさせた。

「そうよ、そんなに難しい話なの？　私だって明日の仕事の準備があるんだから、早く話してちょうだい」

母の加代子も少しいら立って言った。

「ごめんなさい。私、よく分からなくて。あのね、高倉さんのおばさんが、私にお茶とお華を教えてくれるって言うの。第一日曜日と第三日曜日に。

でも、どうして私がおばさんからお茶やお華を教えてもらわなければならないのか、自分でもよく理解できないの。

私にはそんな才能がある訳でもないし、そんなお金もないし」

冬子がやっとの思いで話し出すと、直美が急に大きな声で笑い出した。

「なあんだ、そんなことなの？　お姉ちゃんたら、大袈裟ね。例のあの農家のおばさんでしょ？　教えてくれるって言うんなら、教えてもらえばいいじゃないの。お姉ちゃんみたいな女の子は年寄りに好かれるのよ。自分の意志を持っていないみたいで、年寄りの言うことを何でもハイハイって聞きそうだからさ」

直美は大声で笑いながら、そう言った。

町田家の夕食後の食卓で、直美は姉の冬子の話がもどかしくて、我慢出来なかったのだろう。

「ああ、馬鹿みたいな話のために、大事な時間を無駄にしちゃったわ。私は明日、ゼミで最後の発表をしなくてはならないのよ。悪いけど、もう二階へ行くわよ」

そう言って、直美は食事の席を立ち、足音も荒々しく階段を上がって行った。

残った加代子と信孝は顔を見合わせ、うつ向いている冬子に視線を移した。

「冬子、お父さんにもよく分からないんだけど、そんなことを、冬子はどうして悩んでいるんだい？　お華やお茶を教えてくれるって言うんだから、遠慮なく教えてもらえばいいんじゃないか。

大木会計事務所の人たちも、みんな賛成しているんだろう？　きっとそのおばあさんは、冬子のことが気に入っているんだよ。冬子は素直だからね」

信孝はやさしい目つきで、冬子を労わるように見つめた。

信孝の言葉に、冬子は少し救われたような気持ちになった。

「それにさ、この前聞いた話だと、その家の財産管理を冬子のところの大木会計事務所に依頼したってことだったよね。きっとそのご夫婦は、大木会計事務所のことを信頼しているんだよ。だから、中でも一番若くて、まだ世間ずれしていない冬子に、何かしてあげたいって思ったんじゃないかなあ。

お父さんには、そのご夫婦の気持ちが、何となく分かるような気がするよ。今どき、冬子みたいに年寄りの話をじっと聞いてくれる若者なんか、滅多にいないからね。なあ、母さん」

父の信孝は冬子の気持ちを引き立てるような口調で、加代子の同意を求めた。

しかし、加代子は放心したように、冬子の顔を見ていた。信孝の言葉が耳に入っていなかったのか、慌てて信孝の顔を見た。

「エッ、まあ、そうなんでしょうけど……。ところで、さっき、何て言った？　その農家のおばあさんの名前。タカクラとかタカクマとか言った？　お母さんは初めて聞く名前だけど……。

これ迄、冬子から農家のおじいさんとおばあさんの話は聞いたけど、名前は一度も聞いたことがなかったわよね。お母さんもあまり関心がなかったから、聞かなかったんだけど。

自分の娘がお世話になる人の名前も知らないんじゃ、親として申し訳ないでしょう？　だから聞くんだけど、そのご夫婦の名前は何て言うの？」

加代子はいつになく真剣な目つきで、冬子の顔を見つめた。

娘がお世話になる人の名前を知らないのでは、親としての立場がない、という加代子の言い分は真っ当である。

信孝もすぐに同意して、

「そうだな。そうだよ、お母さんの言う通りだよ。お母さんだけでなく、父親としても、知らない振りは出来ないよ」

と、少し強い口調で冬子に返事を促した。

冬子は即座に答えた。

「タカクラさん。タカクラフクケイさんとタカクラサエさん。高い倉で高倉さん。幸福の福と尊敬の敬で福敬さん。サエさんは小さな枝って書くの」

冬子が指先でテーブルに字を書きながら説明すると、冬子の説明が終わるか終わらないうちに、加代子の表情が変わった。

「えっ、タカクラフクケイさん？　タカクラヨシタカさんではないのね？」

加代子が慌てて念を押した。

「えっ、お母さん、よく知ってるわね。本当は、タカクラヨシタカさんって言うのよ。でも難しい読み方だからって、みんなフクケイさんて呼んでいるんですって。それで、自分でもフクケイって言ってるんですって。おじいさんが言ってたわ。本当はタ・カ・ク・ラ・ヨ・シ・タ・カさんなのよ」

　それを聞いて、加代子の目が点になった。

「でも、お母さんはどうしてそんなことを知ってるの？　うちの事務所の人以外にはあまり知られていないことだって言ってたけど。

　知っているのは、市役所の戸籍係の人くらいじゃないかって。

　だから、うちの事務所では、普段はフ・ク・ケ・イさんて呼んでいるのよ」

　加代子の表情は更に険しくなり、不安そうな視線が空を迷い始めた。

　その変化に、逆に冬子は驚いた。

　信孝も驚いて、加代子の肩に手を置いて、揺さぶった。

「加代子、どうしたんだ？　タカクラつていう人が、どうしたって言うんだ。ちょっと変だよ、加代子！　何か関係でもあるのか？」

　信孝の言葉の先が加代子の胸に刺さったのか、加代子は両腕で胸をきつく抱きかかえてブルッと震え、すがるような目つきで信孝を見た。

加代子のそんな姿を、冬子はこれまで見たことがなかった。

加代子の関心事は専ら直美のことで、冬子は直美の影のような存在であったから、冬子のことに、こんな反応を見せたことはついぞなかったのだ。

冬子は、自分が言ったことが、もしかしたら、母の加代子をひどく傷つけたのだと思った。何が理由かは分からないが、高倉老人の名前に関係していることは分かった。

冬子は加代子の異常な反応が少し恐ろしくなった。

「お母さん、ごめんなさい。高倉のおばさんにお茶とお華を教えてもらうことなんて、私が自分で決めなくてはいけないことなのに、みんなに心配をかけるようなことを言って。お父さんにも心配かけて、ごめんなさい」

冬子は両親に頭を下げ、夕食の食器を片付け始めた。

加代子は放心したように、しばらくテーブルの一点を見つめていた。指先が震えていた。それが自分でも分かったのか、信孝と冬子に気づかれないように、両手を強く握り合わせた。

信孝はそんな加代子の姿を見ながら、

「冬子、もし何か相談したいことがあったら、いつでもお父さんに話しなさい。お父さんも知りたいことがあったんだ。若い頃のことなんだが……」

と、静かに言って、

「それじゃあ、ボクはお風呂に入るからね」

加代子と冬子に言い残して、信孝は風呂場に行った。

冬子は食器を拭いて棚に並べながら、うなだれた姿のままの加代子の後姿を見た。

（お母さんは一体、どうしたんだろう？　こんなお母さんを見たことがない）

不安に思いながら、

「お母さん、本当にごめんなさい。自分のことだから、あとは自分で考えなければいけないことだと分かったわ。お母さんに迷惑をかけたみたいで、申し訳ありませんでした。私の話は忘れて下さい」

そこまで言っても、返事もしない加代子の後ろ姿に心を残しながら、冬子は階段を上り、二階の自室に入った。

着換えもしないまま、ベッドに横になった。

母の加代子は何故、タカクラヨシタカという名前を知っていたのだろう？

そして何故、加代子はあのような反応をしたのだろう？

それを考え、冬子は眠れぬ一夜を過ごした。

世間一般では「タカクラフクケイ」と言っているのに、母の加代子は「タカクラヨシタカ」という名前を知っていた。

何故だろう？

⒀ ハングルと茶道

寒冷が去らないまま、また三月が巡ってきた。

大木会計事務所の仕事は順調に進んでいた。

しかし、企業環境は少しずつ変化していた。

川越・狭山工業団地の中には、事業拠点を海外に移す企業が現われ、その大企業の関連会社や下請け会社も次第に事業を縮小し、大企業と共に中国・韓国・インド・タイ・インドネシア・ベトナムへと移って行く。

企業が持っていた独身寮や近くのワンルームマンションには空室が目立ち始めた。若者や独身者が主な客だったネットカフェや小さな食堂やコンビニは、商売が立ち行かなくなり、閉店するところも出てきた。

人口減少が進み、特に若者の姿が目に見えて少なくなってきたのである。そして、逆に外国、特に東南アジアからのインターネットを通じた業務が現れ始めた。

当然、その影響は会計事務所や税理士事務所にも現れた。

従来型の国内事業対象の業務内容では、もはや対応しきれない状況が生じてきた。国際業務がこなせる語学力・知識・経験が必要になってきたのである。

冬子は会計事務の末端業務に携わっているだけであるが、日本の企業とそれに携わる自分たちの業界を囲む変化を肌で感じるようになってきた。特に語学力の必要性を強く感じるようになってきたのである。

中学・高校・専門学校と、冬子はこれ迄、特に英語に関心を持ったり執着したことはなかった。従って、成績も「可もなく不可もない」状態で、英会話などは無縁の生活だった。また、そんな平凡な成績を不思議にも感じていなかったし、不便だとも思っていなかった。

しかし、時代は確実に変化している。特に企業活動と密接な関係にある会計事務所の仕事が国際化の圏外にあるはずがないと考えるようになった。

自分が語学の勉強をしたからといって、それが大木会計事務所の業務にどのくらいプラスになるのか全く分からないが、土曜日の夕方を利用して、川越にある語学教室に通ってみようかと思った。

その考えは、冬子のこれ迄の生き方からすれば、正に「画期的な変化」と言ってよかった。

学校では先生の言うことを素直に聞き、家では両親の言う通りに行動してきた。典型的な「長女タイプ」で、自ら進んで新しいことにチャレンジするなどという勇気は全く持ち合わせていなかった冬子である。

そんな自分に疑問を感じることなく、時折、妹の直美に馬鹿にされたり、笑われたりしても、そんな生き方しか出来ない自分を肯定するしかなかったのだ。

秋の気配がただよう土曜日、冬子は勇気を出して、川越の駅近くにある語学教室を訪ねた。

しかし、ここまで来たものの、何語の勉強をしたいのか、まだ自分ではっきり決められずにいた。

受付けにいたのは三十歳前後のきれいな女性だった。

「受講のお申し込みですか？」

にこやかに、きれいな日本語でその女性は言った。

「はい、勉強したいのですが、何を勉強したら良いのか自分でもまだ分からなくて」

冬子が当惑顔でそう言うと、その女性はにっこり笑って言った。

「それなら私がお勧めします。韓国語・ハングルを勉強して下さい。あなたには韓国語が合っています。きっと上手になります。実は、私は韓国人です。そして、主人は日本人です。正しい日本語を私に教えてくれました」

「えっ、あなたは韓国の方ですか？　信じられないくらい、きれいな日本語ですね」

「はい、ありがとうございます。私の主人がきれいな日本語を教えてくれました。そのお陰です。私は主人に感謝しています。

あなたはお若いのに、とてもきれいな日本語を話します。そういう方は、きれいな韓国語を話せるようになれます。私もご協力いたします」

冬子はきれいな日本語を話すその女性の言葉に、あるものを感じた。それは、「真心」と言うのか、「仁愛の心」と言うのか、ちょうど高倉夫妻に初めて会った時のような、言葉に表せない「何か」だった。

　不思議な感覚にとらわれながら、冬子は、

「よろしくお願い致します。私は英語も話せませんので恥ずかしいのですが」

「大丈夫です。人間て不思議なものですよ。一つの外国語を真剣に勉強すると、他の外国語も少しずつ話せるようになるのです。心配いりません。あなたはきっと英語も話せるようになりますよ。まだお若いですから。きれいな言葉を話す人と友達になって下さい」

　その女性は名刺を出して冬子に差し出した。その名刺には「朴銀蓮」と書いてあった。冬子も慌てて名刺を渡した。

「会計事務所にお勤めですか。良いお仕事をしていらっしゃいますね。近い将来、韓国語はきっとあなたの事務所のお役に立つと思います。一生懸命に勉強して下さい。応援します」

　と、朴銀蓮さんは冬子の手をやさしく握ってそう言った。

　冬子は自分の勇気に驚き、こんな朴銀蓮さんとの出会いが出来たのも、高倉夫妻の励ましのお陰だと思った。そして、コツコツとハングルの勉強を続けようと決意した。その結果が、数年後、日韓経済関係の発展に伴い、大木会計事務所に大きな仕事のチャンスをもたらすことなど、想像だにしなかったのだった。

冬子はこの一年、第一日曜日に茶道、第三日曜日には華道の指導を小枝夫人から受けていた。

小枝夫人は、その日を待ちかねたように、用意万端整えて、いつも冬子の来訪を待っていた。福敬老人も冬子の来訪を喜んだ。

「冬子ちゃんが来てくれるようになってから、ばあさんはえらく元気になってね。ねえ、ばあさん」

「それはそうですよ。何十年振りでお弟子さんができたのよ。こんなに嬉しいことが他にありますか？　ねえ、冬子ちゃん」

そう言って、小枝夫人は冬子の手を両手で包むようにして強く握った。

「でもね、冬子ちゃん、いつも言うけど、茶道も華道も形式ばったことは何も考えなくていいのよ。やって楽しければいいの。お茶はおいしければいいし、お花はきれいと思う心があればいいのよ。

続けていれば、形式なんて自然に身につくものなの。だから、特別の才能なんていらないの。続けられれば、それが最高の才能なのよ」

小枝夫人はいつも、はっきりした口調でそう言い、固くなっている冬子の気持ちを和らげてくれた。「続けることが最高の才能」だという小枝夫人の言葉が、何より冬子を勇気づけた。

最初の日、小枝夫人は薄紫色の地に銀色の小菊をあしらった薄地の和服で、白足袋が冬子の目に眩しく映った。

かと言って、冬子も和服を着るようになどとは一度も言わなかった。もっとも、和服を着ようにも、冬子には一着もない。成人式も貸衣装だったのだから。

冬子はいつものように普段着のまま、高倉家の客間の裏側にある茶室に案内された。

高倉家の客間の裏側には四畳半の茶室がある。

部屋の隅には、檜の天然木の柱がこの部屋の主のようにがっしりと立ち、肌色の土壁がそれに従うようになじんでいる。

天井は竹と葦で編まれた素材が、自然のままに使われている。下地窓と連子窓も同質の素材で素朴な造りになっている。畳半畳の炉には、茶釜が人待ち顔に座っていた。

茶室に入ったとたん、冬子は、別世界にとび込んでしまったような緊張感に襲われた。すると、福敬老人が、ゆったりした声で、

「この茶室はね、草庵茶室と言ってね、千利休が完成した形式を採り入れたものだそうだよ。中国から伝わったお茶を、芸術にまで高めた利休さんも、ずい分考えたものだね。私のような素人には、よく分からないけどね」

と言いながら、茶室の中をながめた。

にじり口の左右には棚があり、茶会用の道具が並べられている。茶室の外部には露地があり、待合用の腰掛が三脚置かれ、中門も造られていて、いつでも茶会が催せるようになっていた。

家の表からは、およそ想像もできない優雅なたたずまいである。

冬子は何かの雑誌で写真を見たことはあったが、本物の茶室を見たのは勿論初めてであった。自分がどこに座ってよいのかさえも分からなかった。

「どれどれ、久し振りに今日は私もばあさんのお点前を一服頂戴するかな。冬子ちゃん、こっちにいらっしゃい。何でもいいから、私の真似をすればいいんだよ」

オロオロしている冬子に、福敬老人は気軽にそう言って、炉と床柱の間に座り、冬子を招いてくれたのだ。

小さな床の間には薄紫色の友禅菊の花が一枝、小さな花瓶に挿されていて、冬子の様子を眺めているようだった。

茶の湯について何も知らない冬子に対して、

「私の真似をすればいいんだよ」

と、やさしくいう福敬老人の言葉は、最高のもてなしであり、全くの初心者の冬子への思いやりであった。

小枝夫人の服装と作法、茶道具と茶室のたたずまいは、見る人が見ればため息が出る程、見事なものであったに違いないが、残念ながら、冬子にとってはただただ緊張するだけの場面だったのだ。

最初、福敬老人が懐紙に和菓子を一つとり、冬子の前に置いてくれた。冬子は、小枝夫人が赤茶色の茶碗に点ててくれたお点前を、福敬老人がやったようにやろうと思っても、到底できるものではなかった。胸の動悸が次第に激しくなり、手の震えが止まらなかった。そんな冬子の姿を、高倉夫妻は愛し気に黙って見つめていた。

「結構なお服でした。今日は、ばあさんも少し硬くなっていたようだが、お点前は特別に結構でしたよ」

福敬老人が半ば冗談気に、また、小枝夫人を労るように言って、その場の緊張をほぐしてくれたのだ。

「冬子ちゃんも、初めてにしては上手に頂けたんじゃないかな。なあ、ばあさん」

「ええ、ええ、その通りですよ。ごめんなさいね、最初からこんな所に引っ張り込んでしまって。誰だって緊張するわよね。お抹茶の味だって分からなかったわよね。でも、のんびり続けましょうね。

じゃあ、居間で、もっとおいしいお茶を飲みましょう。茶道のお勉強はこれにて終了よ。冬子ちゃん、私につき合ってくれて、ありがとう。楽しかったわ」

小枝夫人は茶碗や茶筅など一式を炉の近くにまとめながら、そう言って釜の蓋を少しずらして、さっと立ち上がった。

そして、冬子の肩にやさしく手を置いた。小枝夫人のその手が、気が遠くなるような緊張から冬子を解放してくれたのだった。

その日、帰宅した冬子に、珍しく母の加代子が声をかけた。

「どうだったの？　今日の初めての茶の湯は。高倉ご夫妻は優しくして下さった？」

「もう、緊張の連続で。何をしてきたのか自分でもよく分からないの。お茶の味も分からなかったし。

小枝夫人は続けることが一番大事だって言うんだけど、私には続ける自信がない」

冬子が疲れ切った表情で、加代子に助けを求めるように言った。

すると、傍にいた直美が笑った。

「なんだ、お姉ちゃん、もう音を上げてるの？　へんなおじいさんとおばあさんに見込まれちゃって、大変だね」

　すると、いつになく加代子が強い口調で、

「直美、言葉を慎みなさい！　へんなおじいさんとおばあさんか、そのご夫妻に会ってみなけりゃ分からないでしょ！」

と言ったので、直美も冬子も驚いて加代子の顔を見た。

　その時、加代子の言葉が「おじいさんとおばあさん」から「ご夫妻」に変わっていたことに二人共、まだ気がついていなかったのだ。

　加代子は真剣な表情で、冬子を見つめ続けていた。

⒁　泉田先生と敬信

そんな冬子の茶道と華道の修業が続いていた時、高倉夫妻の許に、県立川越K高校の図書館司書である泉田達郎先生から、一枚のはがきが届いた。夫妻が県立川越K高校を訪れた十日後の事だった。

ご夫妻ともお元気でいらっしゃいますか。過日はせっかく御来校下さいましたのに、ゆっくりお話もできず、大変失礼致しました。今週の金曜日、お時間がありましたら、御来校下さい。ゆっくりお話したいことがあります。お待ちしております。

泉田達郎

泉田先生らしいのびやかな文字で、そう書かれていた。高倉夫妻との約束を忘れず、息子の敬信についての情報を伝えるために時間をとって下さったのだ。

高倉夫妻は金曜日と言わず、今すぐにでも泉田先生の許へとんで行きたいと思った。夫妻はこれ程、十日間を待ち遠しく思ったことはなかった。


金曜日、高倉夫妻は泉田先生からのハガキを大切にかばんに入れ、家の庭に咲いている友禅菊の花束を持って川越に向かった。道すがら、色づき始めた銀杏にも気がつかず、高倉夫妻は泉田先生のあたたかい言葉に引き寄せられるようにK高校の図書館の入口に立った。

ちょうど昼休み時間も終わる頃で、図書館の中には数人の生徒が書棚をのぞき、本を探していた。

受付の二人の女性は、すべてを了解しているように、奥の来賓室に高倉夫妻を案内した。そこには、泉田先生が少し緊張した表情で二人を待っていた。

「お呼び立てしまして、申し訳ありませんでした。私の方からお宅に伺おうかと思ったのですが、あいにく、私は車の運転をしないものですから。それに、少し資料などもお見せしようかと思ったものですから、御来校いただきました」

遠慮がちに、泉田先生はそう話し始めた。

泉田達郎先生の前のテーブルには、分厚いノートが四冊と歴史の本と印刷物が山積みになっていた。

高倉夫妻はそれらの資料を見て、先ず驚いた。息子の敬信の話をするために、これ程多くの資料を準備して、泉田先生は待っていてくれたのだ。

お茶を運んできてくれた受付けの女性に、

「うちの庭に咲いた花なんですが、花瓶に挿して頂けましたらと思いまして」

小枝夫人が女性に友禅菊を手渡した。

「まあ、珍しいお花ですね。友禅菊なんて久し振りに見ました。本当にありがとうございます」

女性はお花を泉田先生に見せてから、部屋を出て行った。

「冷めないうちに、お茶をどうぞ。

こんなに沢山の資料があったら、驚きますよね。

実は、これはケイシン君に触発されて、私が勉強したものです。また、こちらのノートはケイシン君が在学していた三年間の私の日記です」

泉田先生は分厚い四冊のノートを指してそう言った。これらの日記の表紙にはそれぞれ一九七三年から一九七六年の「備忘録」と書いてある。

一九七三年は敬信がこの高校に入学した年であり、一九七六年は高校卒業と山梨中央大学に入学した年である。

「エッ、その先生の日記に敬信のことが書いてあるのでしょうか？」

高倉老人が焦り気味に泉田先生に尋ねた。

「はい、ケイシン君はよく図書館に来てくれました。そして、私の知らないことを質問してくれたものですから、その内容について、私も調べて記録しておきたくなりましてね。私にとっても大変興味深い歴史の問題を提供してくれたんですよ。

ただ、興味深いだけでなく、ケイシン君にとっては深刻な問題もあったんですが」

「深刻な問題って、どんなことだったのでしょうか？　敬信は何を悩んでいたのでしょうか？」

小枝夫人も泉田先生の方へ身を乗り出して尋ねた。

「ええ、よくある話かも知れませんが、ケイシン君が小学生の頃から始まった〝イジメ〟の問題です。ですが、これは子供のケイシン君に対処できる問題ではなかったものですから、困ったようです。

あの関越自動車道建設の問題に絡んだ〝イジメ〟でしたから、私もその問題を少し詳しく調べてみました」

泉田先生はためらいがちに、記録を見ながら語り始めた。


敬信君が小学生の頃、鶴ヶ島市では関越自動車道建設の話が進み、国の建設省や市の土木建設部の説明会が度々開かれるようになりました。

説明会と言っても、地域住民の意見や要望を聞くことではなく、既定の計画を承諾させ、ハンコを押させるだけの会でした。

当然のことながら、地元住民の間で既定の計画に対して賛否が分かれました。

早く高速道路を建設したい不動産・建設・建材などを業とする人たちは「関越自動車道建設促進期成同盟」を結成し、今後の車社会への対応の必要性を声高に宣伝しました。

一方、市民たちは地域に残された自然と自営農地を守るために「自然と生活を守る市民の会」を結成し、反対運動を展開しました。「自然と生活を守る市民の会」の会長には、昔からの大地主だった高倉福敬氏が推されました。


大人たちの対立は、小学生の敬信君たちの中にも持ち込まれてきました。促進派の親を持つ子供たちから、

「ケイシン、お前なんか、もともとここの人じゃないんだぞ。高倉なんて苗字はこの辺のものじゃないって、うちのお父さんが言ってたぞ。日本人じゃないんだって！」

と言われるようになりました。さらに、日を追うに従って、言葉は次第に攻

撃的になり、

「ケイシン、お前んちのご先祖さんは、朝鮮半島から逃げてきたんだってな。お前、知ってたか？　みんな知ってるんだぞ！」

と変わってきました。そして、ついに、

「ケイシン、お前のガンコおやじのせいで、高速道路ができなくて困ってるんだぞ。お前もガンコおやじと一緒に、朝鮮半島に帰れよ！　日本人でもない人間が、高速道路をつくるのを邪魔するなんて許せないよ。そんな権利はないって、町の人たちがみんな言ってるぞ。早く日本から出て行けよ！」

「そうだ、出て行け！　出て行け！」

これは、子供を使って親を脅迫する言葉であり、意図的・計画的なもののようでした。

敬信君は自分が日本人ではないと言われて驚きました。朝鮮半島から逃げてきた人間の子孫だと言われて、ますます驚きました。

けれど、敬信君が一番ショックを受けたのは、数日前まで仲良く遊んでいたクラスの仲間から、そんな言葉を投げつけられたことでした。言われたことが本当か嘘かよりも、仲良しの友達が、平気で「出て行け、出て行け」なんて言うことにショックを受けたのでした。

しかし、高速道路の建設が急速に進む中で、ガンとして土地収用に応じないお父さんと病気がちなお母さんの前で、敬信君は学校での出来事を話すことは出来なかったそうです。学校から帰宅しても、いつも明るく、何事もなかったように振舞うしかなかったのです。

敬信君のいつも変わらぬ姿を見て、学校で〝イジメ〟にあっているなどと、ご両親は夢にも思わなかったのでしょう。

福敬氏が会長をしている「自然と生活を守る市民の会」のメンバーは、一人また一人と、自営農地を地元の不動産屋に売り、逃げるように市外に引越して行きました。その中には福敬氏が農地解放で土地を無償供与して小作農になった農民も数多くいました。

⒁　泉田先生と敬信

敬信君の遊び仲間も少しずついなくなり、中学生になった敬信君は「歴史クラブ」に入り、一人でクラブ活動をしていましたが、帰宅してからは、もっぱら本を読むようになったそうです。

ご両親は、そんな敬信君も少しずつ大人になってきたんだ、と思って安心していたようですね。

泉田先生は、そこで話を止めて、高倉夫妻の顔を見た。

確かに、高倉福敬は「自然と生活を守る市民の会」の最後の一人になるまで、土地収用を拒否し、一銭の金も受け取らなかった。

業を煮やした市の土木建設部は「土地の交換」を条件に、強制収容に踏み切った。高倉家の土地は、高速道路の巨大な橋脚を建てる場所であったから、市側としては何が何でも強制収容しなければならなかったのである。

高倉家の先祖伝来の土地と交換されたのは、鶴ヶ島駅の西側にある林だった。林ならそのまま保存できると思ったのだが、そんな期待は甘かった。

林の周囲の畑地が急速に宅地化し、一ヶ所だけになった高倉家の林は、憩いの場になるどころか、古いテレビや冷蔵庫などの「不法投棄」の場所となってしまった。また、アパートやマンション住人の恰好の「ゴミ捨て場」になってしまったのである。

この現象には、さすがの福敬も我慢ができなくなった。高速道路が走り、一見すると気のきいた町になったようだが、そこに住む人間の心は変わらなかったのである。


せっかく得た林であったが、不法投棄やゴミ捨て場と化したその地にマンションを建てることにした高倉夫妻は、林の木々に謝るような気持ちで、千平方メートル近い林の中に入って行った。

「実に残念だ。何年か後には、いこいの林は子供たちのオアシスのような所になるだろうと思っていたのだが、ゴミの山になってしまうとは……。

まあ、致し方ない。これも、自然より道路を選んだ人間の生き方の結果だ。末長い将来より、目先の都合良さが好まれるということだからね」

「本当に、椚さんや欅さんたち、ごめんなさいね。せっかくこんなに大きく成長してくれたのに、明日でお別れだわ」

林の木々と別れ難くて、二人はしばし、林の中にたたずんでいた。

一方、敬信は第一希望の県立川越K高校への進学を果たし、毎日、楽し気に通学していた。学校の図書館から部厚い本を借りてきては読み耽っていた。何の本を読んでいるのか、両親に報告することもなく、また、高倉夫妻もあまり干渉することもせず、敬信の自由を尊重していた。

だが、敬信が次から次へと読み続けている本の内容を、もし高倉夫妻が知ったら、さぞかし驚いたことだろう。

敬信はその頃、自分の家の歴史と自分という人間のルーツを知るために、図書館の本を利用していたのだった。

それは『続日本紀』にある霊亀二年（七一六）の「高麗郡建郡」の歴史と、それに前後する「渡来文化」についての勉強から始まった。

鶴ヶ島市・日高市・飯能市・所沢市・狭山市・新座市の各市史と越生町・川島町の各町史を片っ端から調べ始めた。

調べているうちに、埼玉西部地域の歴史に強い関心を持ち、各市町の「渡来文化」の項に引き込まれていった。

その中に一つだけ、自分の学校がある川越市の市史には「高麗郡建郡」についても「渡来文化」についても殆ど記載がないことを発見し、泉田先生に質問した。

加えて、川越市史には「関東大震災」についての記載が全くないことにも気がつき、泉田先生にその理由を質問した。

泉田先生も、川越市史の重大な欠落部分としてその事は承知していたが、これ迄、誰からもその点について問題視した意見を聞いたことはなかった。

まして、高校生から指摘されたことは皆無であったから、敬信からの質問に驚き、敬信の感覚の鋭さに驚愕した。そして、教師としての自分の怠慢さを恥じ、敬信と一緒に川越市の担当者（市史編さん室長）に会い、敬信の疑問を投げかけたこともあった。

泉田先生はこのような内容も含めて、自分で調べたことを、まるで物語でも語るかのように、ゆったりとした口調で話した。それは、高倉夫妻に余分なショックを与えないための配慮とも思えた。

「泉田先生、私ども夫婦は何てうかつな親だったのでしょう。敬信が、息子の敬信が小学生の頃から、そんなイジメに会っていたなんて、全く気づきませんでした。自分たちのことしか考えない、愚かな親だったのですね、私どもは……」

小枝夫人はハンカチで涙を拭いながら、言葉もなく泉田先生の顔を見つめている福敬老人の膝に片手を置いた。

「そうだね。本当にそうだね。私どもは敬信の親の資格なんかありません。先生のお話を聞いて、初めて気がつきました。小さな息子の方が、余程賢かったんですね」

福敬老人は両手で顔を被い、首を横に振りながら、更に言った。

「確かにあの頃は毎日、高速道路建設反対の会議や集まりがありました。国や市との交渉にも足を運びました。遠い先祖たちが開拓し、受け継いだ土地や地域の自然を守るために必死でした。一度破壊した自然を取り戻し、荒れた農地を元に戻すことがどんなに大変なことか、あちらこちらで見てきたからです。

しかし、人間の心は変わりやすいものだということを、イヤという程、味あわされた時でもありました。

敗戦後の農地解放でせっかく自営農家になった人たちも、お金の誘惑には勝てなかったんですね。「国のため」、「地域のため」、「社会のため」、という言葉に乗せられ、せっかくの自営農地を手離してしまいました。あの巨大なコンクリート建造物には勝てなかったんです。

道路が必要なら、もっと別な方法もあるのに……」

福敬老人は、最後の言葉をひとりごとのようにつぶやいた。

三十年以上も前のことを思い出して、小枝夫人も涙を流した。そんな二人の姿を見て、泉田先生は驚き、戸愁いを隠せなかった。

福敬老人は更に、自分自身に言い聞かせるように、ひとことひとこと確かめるような口調で言った。

「それなら、せめて〝高倉〟という地名と〝高倉池〟だけは後世の人たちに残したいと、私は強く望みました。もし、その望みが叶うなら、お金は一銭もいらないと思いました。お金のために家庭崩壊に陥った人たちを沢山見てきましたから。お金よりも、昔から受け継がれてきた地名と自然を残したかったのです。

それが唯一、私にできること、と言うより、私がやらなければならない義務だと思ったからです。それが、千二百年を誇る渡来人の末裔の義務だと思ったからです。

しかし、今となっては、そんな気負いも義務感も、何の意味もないことだったように思いますね。そのために、たった一人の大切な息子を失ったのですから」

福敬老人はそう言い終わると「フー」と息をして、肩を落とした。

しばし沈黙が続いた後、泉田先生がおもむろに口を開いた。

「私は、この話はご両親に対して残酷過ぎるかも知れないと思い、少しちゅうちょしたのです。ですが、本当のことをお話して、ケイシン君の気持ちをお伝えしたかったんです。

お父さん、お母さん、ケイシン君はご両親が考えているような弱虫の子ではありませんでしたよ。もっとたくましく、理性的な子でしたよ」

「エッ、うちの敬信がたくましい子どもだったと先生はおっしゃるんですか？ それに、敬信が理性的だったって、どういうことでしょうか？」

小枝夫人が驚いて顔を上げ、涙目のまま泉田先生の次の言葉を待った。

「ケイシン君は実に強い子だと思いましたよ。彼は小学生の時に友だちから投げつけられた〝お前なんか日本人ではない。朝鮮半島に帰れ〟というイジメをテコに、逆に自分の体の中を流れている〝血の起源〟を調べる歴史学者になろうとしていたのです」。

高倉福敬老人は、泉田先生の話に耳を疑った。

自分のルーツを研究するために、歴史学者になりたい。それは、福敬老人自身が若い時に考えたことだったからである。

自分の遠い先祖である「高倉福信」なる人物が、如何なる経過でこの地の人となり、この地の土となったのか。それを知りたかったのである。

しかし、長い長い先祖の歴史を自らの力でたどるには、時間が必要であったが、若い福敬には他に大きな任務が課せられていた。先祖から受け継いだ田畑や広大な自然を守る仕事があったのだ。

この地域の高倉という地名は、所有者の姓名だったであろうことは、歴史を研究した人間なら、容易に想像できるであろう。

敗戦後の「農地解放」によって、高倉家の土地の大半は小作人に無償で供与され、地主と小作人は平等の自営農家になった。そのことは高倉家にとっては、幸いなことだった。

到底、高倉家だけでは管理できない広大な土地だったからである。

県立川越K高校を卒業後、福敬は両親の農業を手伝っていたが、その後、両親は次々と他界し、一人残された福敬は当惑した。

そんな福敬を見かねた飯能の友人が紹介してくれたのが新井小枝という女性だった。

「新井」という姓が示すように、小枝もまた高句麗から渡来した古い先祖を持つ女性だったということになる。

小枝は若いのに華道や茶道に造詣が深く、しとやかな女性だったが、農作業にも励み、福敬を助けた。

福敬は自分のルーツを探ることを諦めざるを得なかったが、決してその気持ちを忘れた訳ではなかった。

だから今、泉田先生から息子の敬信の気持ちを聞き、心底驚いたのである。

「敬信はやっぱり、私どもの子供だったのですね。私も若い時、同じことを考えたことがありましたから」

泉田先生もそう言う福敬老人の言葉に驚きながら、

「この一九七六年の備忘録には、面白いことが書いてありますよ。ケイシン君は担任の先生から、東京大学を受験するように勧められたのですが、『ボクは官僚にはなりたくない、地を這って人間の歴史を調べる学者になりたい』と言ったのです。担任の先生も驚いていましたよ。そして、東アジアの歴史を研究できる大学に進学したい、と私に言ったのです」

「東アジアの研究ですか。余程、自分のルーツを知りたかったんですね。それで、泉田先生は山梨中央大学を紹介して下さったんですか？　山梨県には渡来人の子孫が今も沢山住んでいるんですよね」

福敬老人もやっぱり知っていたのだ。

泉田先生は大きく頷き、

「その通りです。私の知り合いで、百済系の子孫の石川正典という教授がいましてね。彼に電話をしましたら、是非、そういう子を紹介してくれ。山梨中央大学には仲間もいるから、安心して来るように、ということでした。ケイシン君に話しましたら、〝即断即決〟だったと、ここに書いてありますよ」

「そう言えば、あの頃、敬信は、ボクは東京六大学には興味がないなんて言ってました。私はてっきり、東京六大学の野球の話かと思っていました」

小枝夫人がそう言って泉田先生と福敬老人の顔を見たので、二人は思わず顔を見合わせて笑った。

⒂ 加代子と敬信

一九七六年四月、敬信は喜び勇んで山梨中央大学歴史学部アジア学科に入学、東アジアの歴史の研究に没頭し始めた。

山梨県には、紀元前の先土器時代から縄文・弥生・古墳時代の遺跡が各地にあり、歴史好きな人間が全国から集まってきていた。

特に朝鮮半島から渡来した高句麗・百済の人々が山深い荒地を開拓し、集落を作り、五世紀には「郡」として日本の朝廷から認められたことは、多くの歴史学者の注目するところであった。それが甲斐国《かいのくに》の「巨摩郡《こまぐん》」であり「山梨郡」「八代郡《やつしろ》」「都留郡《つる》」であった。

海から遠い甲斐国の山中に何故、多くの渡来人が集まり住むようになったのか？その謎めいた事象が、歴史学者たちの魂を揺さぶるのであろうか。

敬信もまた、紀元前まで歴史を遡る自分のルーツ探しに食らいつき、その熱心さは

⒂　加代子と敬信

石川教授も驚くほどであった。

山梨中央大学は甲府市の東部地区にあり、南には富士山を、西には南アルプスを遠望する静かな場所である。

周囲をぶどう園で囲まれた広々としたキャンパスの中には、笛吹川の支流が細く流れ、各学部の建物はけやき並木で区切られている。

留学生のためには、マンション風のしゃれた寮が用意されているので、世界各国から多くの留学生が集まり、言語も肌や目の色もさまざまであった。

従って、学内の標識は日本語・英語・中国語・韓国語・ロシア語などで表示され、国際都市さながらであった。

敬信がそんな中で研究に打ち込んでいる様子は、両親に定期的に寄越す手紙や電話で知ることができた。

大学の四年間はアッという間に過ぎ、一九八〇年、敬信は大学院前期（マスターコース）へ進んだ。勿論、高倉夫妻も賛成し、更に一九八二年には後期（ドクターコース）

へと進んだ。

その頃、敬信は手紙に、学生寮からキャンパス近くの民間マンションに引っ越したと書いてきた。理由は不明であったが、多分、一人で研究に没頭したいのだろうと福敬・小枝夫妻は思っていた。

ところが、同じ頃、泉田先生の許には、別の内容の手紙が届いていたのだ。しかも、女性との連名であった。

泉田先生、お元気ですか。

先生、ボクにも生涯を共にしたいと思う女性ができました。彼女は、石川教授のゼミ仲間で、石川教授と同じ中道町出身です。名前は石広野加代子という女性です。

泉田先生もご存知だと思いますが、「石広野」という氏姓は百済の人々が七九九年に桓武天皇から賜ったものです。ですから彼女（加代子さん）は百済系渡来人の子孫ということになりますね。

彼女も山梨県の渡来文化、特に甲斐国に「養蚕」をもたらした百済人と養蚕業・製糸業の発展の歴史を熱心に調べています。

山梨は遺跡の宝庫です。高句麗や百済の人々が生きた文化が各地にあります。ボクたちの先祖がどんな生活をしていたか、考えただけで楽しい毎日です。

ボクたちはドクターコースに入ると同時に、共同生活を始めました。いつも同志が傍にいるみたいで、一人っ子だったボクはとても心強い気持ちになりました。

ボクの「料理力」も大いに役立って、彼女がびっくりする顔を見るのが楽しみです。特に加代子さんはボクが作るいなり寿司を大好きで、「おいしい」と言ってよく食べてくれます。

彼女はボクの「高倉」という氏姓についても、かなり詳しく知っていました。勿論、高麗郡の歴史も研究しています。

渡来人が日本人になり、日本文化の発展のためにどのような活動をしたか、ボクたち二人で協力してまとめたいと思います。

そして、ドクターコース在籍中に、渡来人がこの山梨に来た道を探るために、逆コースで朝鮮半島まで戻ってみようと二人で計画しています。

できたら夏休み中に実行したいと話し合っています。この計画は絶対に実現したいと思います。

ボクは今、とても幸せです。

石川正典教授も、ボクたち二人のことを祝福してくれました。

「高句麗の子孫と百済の子孫が力を合わせて、共同研究の成果を歴史学会に発表してほしい。大きな話題になること間違いない」

と言ってくれました。

でも、これはまだ両親にはヒ・ミ・ツです。

親はすぐに「孫が欲しい」なんてプレッシャーをかけてきますから。

まだヒ・ミ・ツにしておいてください。
よろしくお願い致します。

一九八二年五月十日
高　倉　敬　信
石広野　加代子

泉田先生からその手紙を見せられた高倉夫妻は、声も発せず、震える手で手紙を読んだ。

特に、最後に書いてある「石広野加代子」という女性の名前を凝視した。そして、おもむろに顔を上げた高倉夫妻は顔を見合わせて、何度も頷き合った。

「泉田先生、この手紙を大切に保存しておいて下さいまして、本当にありがとうございました。重大なことが判明しました。敬信の行方はきっとこの『石広野加代子』という女性がご存知だろうと思います。

ですが、私どもにとって、それと同じくらい大事なことが確認できました。誠にありがとうございました」

「いやいや、もっと早く、ご両親にお見せすべきだったと私は悔いております。ケイシン君からは手紙もこなくなり、少し気になっていたのですが、多分、幸せな結婚をして、子供さんもできて、平和に暮らしているだろうと、希望的観測で安心しておりました。

その後、この図書館の建て替え工事に忙殺され、ケイシン君への意識をすっかり記憶の彼方に追いやっておりました」

「いいえ、私どもがもっと早く先生の所をお訪ねすれば良かったのです。警察の情報だけを頼っていたのが間違っていたのです。すべて私ども親の責任です。

でも先生、この手紙は敬信の大切な形見です。この手紙の中に大きな希望を見出しました」

小枝夫人が泉田先生に頭を下げて言った。

続けて福敬老人が力を込めて言った。

「実は、鶴ヶ島駅近くの住宅地に、加代子さんとおぼしき女性が住んでおります。その女性には敬信そっくりの娘さんがいることが判っております。この手紙を見せて頂いて確信しました。

その娘さんは『冬子ちゃん』というのですが、忘れもしません。

二〇〇二年三月、偶然にも高倉池近くで私が会いまして。顔も姿も息子の敬信に余りにもよく似ていたものですから、声をかけるのをためらったくらいです。思い切って私の家までお誘いしたのですが、家内も声が出ないほどびっくりしまして」

高倉夫妻の話を聞いて、泉田先生はもっと驚いた。

そんなことが本当にあるだろうか？

高倉夫妻は夢でも見ているのではないか？

息子恋しさに、冬子という娘に、息子の幻影を見ているのではないか？

それとも、事情を知っている人間の謀略ではないか？

泉田先生は喜ぶどころか、逆に心配になってきた。

「泉田先生、先生は私ども年寄りが認知症にでもなっているのではないかと、心配して下さっているのではありませんか？

信じられないかと思いますが、実は色々な人を通して、私どもは加代子さんの身許を調べてもらいました。やはり山梨県の中道町出身で、山梨中央大学歴史学部の大学院で、石川教授の教え子だったことが判りました。

結婚して、ご夫君の会社の関係で、十二年ほど前に鶴ヶ島駅近くの一戸建てを購入したようです。

加代子さんは町田信孝という男性と見合い結婚をしたのだそうですが、それは敬信が行方不明になった直後のことだったとのことです。

その段階で大学院もやめているそうです。

冬子ちゃんは早産だったとのことですが、その辺のことはそれ以上は……。

加代子さんはもちろんですが、ご夫君の信孝氏が一番よく知っているかと思います。

冬子ちゃんの下に年子の妹が一人おりますが、その妹さんは活発で成績も優秀だそうですが、敬信には全く似ておりません。

信孝氏は、次女の直美ちゃんと同じように冬子ちゃんを可愛がっていたと近所の人は言っております。

冬子ちゃんはとてもおとなしい娘で、上福岡の大木会計事務所の事務員をしております。私どもは冬子ちゃんに会いたくて、大木会計事務所に財産管理をお願いしたりして、まるでストーカーのように冬子ちゃんにつきまとっております」

福敬老人が冗談まじりにそう言うと、小枝夫人が口をとがらせ、抗議するような口調で福敬老人に言った。

「まあ、あなたったら、ストーカーだなんて、ひどいじゃありませんか。私は冬子ちゃんに会いたくて会いたくて、それで茶道と華道を教えたいと言ったのよ。

本当に冬子ちゃんはいい子です。会う度に抱き締めたくなります」

そこまで話を聞き、高倉夫妻の姿を見て、泉田先生は、これが「人間の運命」であり、先祖が高倉夫妻と冬子を太い絆で結びつけたのだと思った。

感動したと同時に、人間の血が互いを求め合う姿を目の当たりにして、泉田先生は言葉を失った。

⒃　平凡に生きる

二〇〇五年二月五日、高倉家の座敷には多彩な顔ぶれが集まっていた。

大きなテーブルの中央には県立川越K高校の泉田先生、山梨中央大学の石川正典教授、大木会計事務所の大木将郎所長。

その両側に山梨の中道町から来た加代子の両親の石広野儀男と洋子夫妻、田村簿記専門学院の奥村典史教官、町田信孝夫妻と次女の直美、大木会計事務所の職員の大木孝太郎、長谷川真澄、岡田徹が揃っていた。


午前十一時、羽織袴姿の高倉福敬と留袖姿の小枝夫人、その後から振り袖姿の冬子が現れ、一同の中から驚嘆の声が上った。

三人は冬子を中にして末席に座った。

「皆さま、本日はご多忙の中、私ども夫婦のわがままにお付き合い下さいまして、誠にありがとうございました。

皆さまはすべて私どもの恩人でございます。

息子の敬信は未だ戻ってまいりませんが、冬子という宝物を残してくれました。この宝物を産み育てて下さった町田ご夫妻に心から感謝申し上げます。

私どもは過去の歴史、朝鮮半島から渡来し、日本人になった歴史を大事にして、これからも今まで通りの生活を続けてまいります。

本日は冬子ちゃんの二十三歳の誕生日でございます。皆さまに祝って頂けましたら幸甚に存じます」

福敬老人が静かに落ち着いた声であいさつした。

次いで冬子が緊張した様子で、両手を前にそろえ、畳に三本指をついてあいさつをした。

「冬子でございます。本日はありがとうございます。私は、特別な能力もない平凡な人間です。これからもよろしくご指導をお願い申し上げます」

平凡な冬子らしい、平凡なあいさつであったが、それがまた、冬子にふさわしいあいさつであった。

平凡な冬子が、これからも平凡に生きられる世の中を願って、一同は祝杯を挙げた。


「オッ、これは山梨のワインですね。おいしいですねえ！」

祝杯を一口のどに流した山梨中央大学の石川教授が、思わず大きな声で言った。

「ややや あ、さすがは本場の飲み人の舌ですね。このワインは加代子さんのご両親の石広野ご夫妻のお土産です。この辺ではなかなか手に入りません。本当においしいですね。

ああ、それから、皆さん、テーブルの真ん中にありますお皿のいなり寿司。これは冬子ちゃんのお母様の加代子さんの手作りです。今日のために冬子ちゃんと一緒に作ってきてくれました。

このいなり寿司が、私ども夫婦と冬子ちゃんと加代子さんを強く結びつけてくれました。それに加えて、私どもの息子の敬信の存在を、加代子さんが証明してくれたのです」

福敬老人が思いを込めて、山梨の石広野夫妻と鶴ヶ島の町田夫妻を紹介した。石広野夫妻は七十歳過ぎの老夫婦だ。着物姿の妻が、背広姿の夫に寄り添うように座り、みんなの話に耳を傾けている。

山梨県の中道という所は遠い昔、百済の人々が生活した場所だ。石広野夫妻はそこで今もぶどう園を経営し、儀男氏は町の議員なども務めているという。

「ウチで育てたブドウで作ったワインだけんど、皆さんの口に合うかどうか心配だったじゃん。

加代子がケイシン君を連れて、よくウチにブドウ狩りに来ただよ。ケイシン君はなかなかのイケメンでね。ウチの家内なんか、羨ましがっていたみたいだったよ。なあ、お母ちゃん？」

「アレ、やあじゃん、お父さんは。そんなことをみんなの前でバラしちゃって！　ケイシン君はイケメンだって、お父さんだって言ったじゃんけ！」

甲州弁丸出しでしゃべる石広野夫婦の話に、一同大笑いになった。

「やあ、それにしても、人間の運命って不思議なものですね。今回の話を伺って、これまで読んだどんな物語よりも興味をそそられました。

私は今、税理士をしていますが、これから作家に転身して、人間の運命の不思議さを書き、『芥川賞』でも取りたいと思いましたよ。でも、もうちょっと遅いですかね？」

大木会計事務所の岡田徹が身を乗り出すようにして言ったので、

「岡田先生、歴史の先生から税理士になり、今度は作家ですか？　ちょっと浮気っぽくありません？」

真澄が素早く言ったので、岡田は首をすっこめて「ゴメンナサイ！」と言った。

またまた大笑いになった。


「やあ、今日は本当におめでたい日です。私は田村簿記専門学院の卒業生に冬子さんのような女性がいるなんて、驚きでした。

冬子さんは自分のことを平凡な人間だと言っていますが、私から見ますと、常に冷静で、平らな心を持っている人だと思います。

近い将来、是非、税理士か公認会計士の資格を取得することをお勧めします」

奥村教官が真面目な表情で冬子の顔を見た。

すると、大木将郎所長も、

「そうです、そうです、先生のおっしゃる通りです。冬子さんには数字に対するセンスがあります。私ども大木会計事務所一同も応援します」

そう言い終わると、孝太郎と真澄がすかさず拍手をした。

冬子は皆さんの話を聞いているうちに、涙がにじんで来て、困ってしまった。

そんな冬子の様子を見て、福敬老人が静かに言った。

「ありがとうございます。冬子はまだ二十三歳でございます。自分のやりたいことも他にあるかも知れません。私どもの期待が冬子への押しつけにならないようにしたいと思っております。

実は、冬子は最近、ハングルの勉強を始めたそうです。日韓の経済や人間関係が深まってまいりましたので、きっと役立つ時がくると思います。皆さんの中で、もしハングルが必要な時には、是非、冬子にお声をかけてやって下さい。ねえ、冬子ちゃん？」

「エッ、わたし、まだとても、そんな……」

冬子が、恥ずかしそうに頬を染めてうつ向いたので、すかさず小枝夫人が、

「冬子ちゃん、ゆっくりでいいのよ、ゆっくりで」

と言って、肩にやさしく手をおいた。


「本日のことを、私どもの遠い先祖にも報告したいと思います。敬信がもしどこかに元気でいるとしましたら、皆様方の言葉がきっと敬信の心にも届いていると思います。今後とも、皆様のお力を是非、お借りしたいと思います」

福敬老人の祈りにも似た言葉が、一同の心にしみた。

「敬信は高校生時代、県立川越K高校の図書館に通いつめ、泉田先生にお世話になりました。山梨中央大学に入学してからは石川教授のお世話になり、自分の家のルーツを求める研究に打ち込みました。

そして、加代子さんと心を通わせ、冬子という『宝物』を私どもに残してくれました。これも泉田先生との出会いがあったからなのです。

本当に人の出会いって誰にも想像できないものを生むものなんですね。ねえ、泉田

先生」

　福敬老人が感謝の心を込めて、泉田先生に言った。

　泉田先生は眩しそうに一同の顔を見て、静かに語った。

「そうですね。遠い昔、私どもの先祖が、日本に渡来した皆さんの先祖と出会いました。そして、日本の国に受け入れました。だからこそ、今の皆さんがいるということは実に確かなことです。このことを否定する人はいないでしょう。

　その間には、民族・人種に関係なく、互いに愛し合い、結婚して子孫を残してきたのも確かなことです。ただ、その長い歴史の中で、私たちの先祖のために、渡来人の皆さんの先祖が大きな役割を果たしてきました。そのことも確かなことです。

　私どもの先祖と渡来人の先祖の血と知力と肉体が、この国を造ってきたことを否定する人もいないでしょう。それを考えますと、どちらの民族が偉いとか、どちらの民族が優れているとか、比べることは出来ません。どちらも同じ価値のある民族であり、どちらも同じ人間そのものだからです。

　例えば、七一六年頃、設置された「高麗郡」を、日本の軍国主義・侵略主義の中で、一八九六年に突然、「廃郡」にしてしまいました。

渡来人、特に高句麗の人々と地元の日本の人々が力を合わせ、文化的にも大きく発展させて一二〇〇年近くも続いた「高麗郡」を、廃郡にしたのです。

同時に、現在の新座市周辺には新羅《しらぎ》の人々が生活していた「新羅郡《しんらぐん》」がありました。その新羅郡も廃郡にしてしまったのです。

このようなことはやるべきではなかったと、残念に思います。

民族は互いに尊重し合わなければなりません。そうしてこそ、日本人の価値が認められ、渡来した人々の価値が生きるのだと、私は思っています」

「本当にそうですね」

と、一同は誰言うともなく大きくうなずき、顔を見合わせた。

それから更に山梨のワインで口の滑りが良くなった一同の話題は尽きなかった。

テーブルの真ん中にあった加代子のいなり寿司も、たちまちのうちになくなった。

小枝夫人が漬けた白菜の漬物も、福敬老人自慢のキンカンの蜂蜜漬けも、人気の的だった。

しばらくにぎやかな時間が過ぎた頃、福敬老人が、

「わが家の奥さんも一言、いかがですか？」

と、小枝夫人の言葉を促した。

「ええ、何しろ、冬子ちゃんに初めて会った時、敬信にあまりによく似ていたので、本当にびっくりしました。それからは、冬子ちゃんに会いたくて会いたくて……」

小枝夫人はそこまで言って、ハンカチを目に当てた。

「分かった、分かった、それ以上は無理なんですよね、ウチのばあさんは……。それじゃあ、冬子ちゃんはどうですか？　ひとこと……」

福敬老人に指名されて、冬子もちょっと体を堅くした。

「はい。……皆さん、今日は私たちのために遠くまで来て下さいまして、本当にありがとうございました。

私は皆さんのお話を聞いたり、自分でも少し歴史の勉強をしてみました。でも、学校では教わらなかったことばかりで……。

私は平凡な人間です。でも……でも、私の体の中には、遠い昔のご先祖様である高句麗と百済という二つの民族の血が流れていることを知りました。

……とても驚きました。

何故、私の体の中に、そんなすごい民族の血が流れるようになったのだろうかと不思議に思ったりしました。

でも……でも、きっと誰かが私を『選んでくれた』のかも知れないと思いました。専門学院の卒業式で代表に選ばれて、答辞を読んだ時みたいに。

……ですから、この二つの民族の立派なご先祖様の血を誇りに思いますし、大切に思います。

でも、でも、私はこれまで通り、平凡な人間として生きてゆきたいと思っているのです。それしか、私の生き方はないと思います。

これからも、どうか、……どうか、先輩の皆様のご指導をおねがいしたいと思います。……よろしくお願い申し上げます」

一同の柔らかな眼差しの中で、冬子は三ツ指を揃えて、丁寧におじぎをした。

冬の陽射しは穏やかに高倉家の庭を温めていた。
その中で、庭木の影が少しずつ動き、小鳥たちの声が夕暮れの近づきを告げていた。

（完）

参考文献

1、『渡来人 高麗福信・天平の武蔵野』 相曽元彦著
2、『鶴ケ島市史』 鶴ケ島市発行
3、『鶴ヶ島市の文化財』 鶴ヶ島市教育委員会発行
4、『雷電池と雨乞い』 宮本豊太郎著
5、『山梨県の歴史』 山川出版社発行
6、『山梨県史概説』 山梨県編集発行
7、『鶴ヶ鳥町の歴史』 藤倉寛三著
8、『税理士の仕事がわかる本』 法学書院発行
9、『税理士をめざす人の本』 成美堂出版発行

著者略歴

平松　伴子（ひらまつ　ともこ）

生年月日　一九四一年六月八日
出生地　山梨県東八代郡境川村石橋一九一一（現・笛吹市境川町石橋）
現住所　〒350－1178　埼玉県川越市大塚新町二八－二
TEL・FAX　049－242－3066

一九六〇年　山梨県立甲府第二高等学校卒業
一九六四年　首都大学東京保健科学部卒業（現）
一九七二年　東京都立高等学校を退職、英語の学習塾を開く

一九八一年　毎日新聞埼玉西支局「奥さま記者」になる
一九八二年　川越ペンクラブ入会、以後、二十八年間『武蔵野ペン』を編集
一九八三年　「毎日郷土提言賞」論文の部最優秀賞受賞
一九八四年　日本報道写真連盟入会
　　　　　　環境庁写真コンテスト女性特別賞受賞
一九八六年　坂戸毎日マラソン写真コンテスト最優秀賞受賞
一九八八年　「食を考える」論文入賞
一九九三年　「川越町づくり」論文入賞
二〇〇〇年　「21世紀の川越の環境」論文優秀賞受賞
二〇〇一年　「魅力ある街づくり」論文入賞、他
二〇一一年　「ベトナム平和友好勲章」授賞

所属

日本ペンクラブ会員
川越ペンクラブ幹事
杭詩文会同人
NPO法人日本ベトナム平和友好連絡会議会員
JVPF埼玉連絡会　副会長
社会福祉法人「喜多路」監事

著書

エッセイ集

『女の句読点』（一九九〇年　明石書店刊）
『女の目線』（一九九一年　明石書店刊）
『女の場面』（二〇一三年　まひる書苑刊）

日本図書館協会選定図書

論文集

『この町が好きだから』（二〇〇一年　さいたまぶっくサービス刊）
国立国語研究所研究図書

小説集

『愛しき人よ　そして　子どもたちよ』（二〇〇五年　まひる書苑刊）
『平凡な女』（二〇〇五年「武蔵野ペン連載」開始）

伝記

『学校はわがいのち——山村婦みよの歩んだ道』（一九九四年　埼玉新聞社刊）
『流れるままに——埼玉初の女性代議士　松山千恵子の軌跡』
（二〇〇二年　松山千恵子記念誌刊行会刊）
『意思あるところに道あり——埼玉初の女性大臣　石井道子の真・善・美』
（二〇〇八年　石井道子刊）
『二人のドン・キホーテと仲間たち——中国・ホルチン沙漠の緑化に挑む日本人』
（二〇〇九年　まひる書苑刊）

『世界を動かした女性グエン・ティ・ビン　ベトナム副大統領の勇気と愛と哀しみと』
（二〇一〇年　コールサック社刊）

社史

『医業はるかにも――小室勝男・武蔵野総合病院　四〇年の足跡』
（二〇〇六年　武蔵野総合病院刊）
『柳河精機五十五年のあゆみ』
（二〇〇七年　柳河精機株式会社刊）

共著

『川越大事典』
（一九八八年　国書刊行会刊）
『写真集　川越喜多院五百羅漢』
（一九八八年　聚海書林刊）
『川越人物誌　第三集女性編』
（一九九四年　川越市教育委員会刊）
『川越と朝鮮通信使』
（二〇〇七年　編集委員会刊）
『中国を楽しむ』
（二〇一四年　日中友好協会刊）

ベトナムレポート

ベトナムレポート　No.1『思いがけない出来事』（二〇一二年七月一日発行）
ベトナムレポート　No.2『〈仁愛の家〉に出会う旅』（二〇一二年十二月三十一日発行）
ベトナムレポート　No.3『日本ベトナム国交樹立四〇周年記念の旅』（二〇一三年一〇月三十一日発行）
ベトナムレポート　No.4『七軒目になった〈仁愛の家〉に出会う旅』（二〇一四年十一月二十三日発行）
ベトナムレポート　No.5『十四軒になった〈仁愛の家〉』（二〇一五年十二月十日発行）
ベトナムレポート　No.6『ビン女史卆寿の笑顔・二十一軒になった〈仁愛の家〉』（二〇一六年十二月一日発行）
ベトナムレポート　No.7『二十四軒になった〈仁愛の家〉・世界のモデルケースになる』（二〇一七年十二月十五日発行）
ベトナムレポート　No.8『三〇軒になる〈仁愛の家〉・前世からの縁の中で』（二〇一八年十二月二〇日発行）

あとがき

中学生時代から谷崎潤一郎や菊池寛・志賀直哉などを読み、高等学校時代には学校の図書室に入りびたり、三年生の進学クラスでは担任の先生から、

「みんな一生懸命に受験勉強をしているのに、君は毎日、図書室に行っているそうじゃないか。どういうことだ！」

と、注意されました。

そこで、家にある兄たちの本棚の本を読むことにしました。

高校卒業後、東京の専門学校に入学。学生寮の図書室の本を片端から読み耽りました。寮の夜の消灯は九時です。その後は押し入れに電気スタンドを持ち込んで、夜明けまで読書に耽りました。

専門学校卒業後は、更に都立専門学校（現・首都大学東京）に進学しましたが、授業時間以外は隣りの公園で読書に耽りました。

結婚後、川越に越してきて、二人の娘を育てながら英語の学習塾を開き、地域の小学生・中学生・高校生に英語を教えました。

二人の娘が幼稚園に行くようになると、毎日、県立川越図書館に通い、読書に耽りました。平均、一週間に八冊くらいのスピードで読み続けました。

ある時、県立図書館の副館長さんから、

「毎日、図書館に来てくれて、ありがとう。今日はお昼をご馳走しましょう」

と言われ、思いがけず近くのレストランでお昼をご馳走になりました。

その時、

「そんなに本がお好きなら、この図書館の職員になりませんか」

と、誘って頂きましたが、夜は英語の学習塾をやっていましたので、お断りし、相変わらず、読書三昧の生活を続けました。

二人の娘が小学生になると、毎日新聞社埼玉西支局から「奥さま記者」を依頼され、取材活動をしました。同時に、文学団体「川越ペンクラブ」への入会を勧められ、同人誌『武蔵野ペン』の編集指導を受け、以後二十八年間、編集作業に携わり、同時に執筆活動を続けてきました。

現在は「日本ペンクラブ」の会員にもなり、「平和委員会」の活動に参加しています。子供時代の「読書狂い」がこんな形になるとは想定外のことで、私自身にも説明がつきません。


ところで、私は山梨県の出身で、しかも、天平《てんぴょう》時代から存在している「八代郡《やつしろぐん》」の人間です。「八代郡」は百済《くだら》の人々が渡来して開拓した場所です。山梨県には高句麗の人々が開拓した「巨麻《こま》（巨摩）郡《ぐん》」もあります。

何故、国を失った百済と高句麗の人々が山深い山梨に渡来して、仏教をはじめ、中国・朝鮮の文化・芸術・学問・政治・養蚕・製糸業を伝来したのか、不思議でしょう？

更に、川越に住むようになったら、日高市に「高句麗神社《こま》」がありました。私は、とり憑かれたように二人の娘を車に乗せて、何度も「高句麗神社《こま》」に行き、心が静まるのを感じました。

そして、「読書狂い」が再発し、埼玉西部地域の市史・町史を調べました。殆ど全ての市史・町史に「渡来文化」の項目が設けられ、「高麗郡《こまぐん》」との関係が詳しく説明されています。

唯一の例外は「川越市史」です。川越市史には「渡来文化」はおろか「関東大震災」についての記載もゼロです。川越市史ってヘンですネ。

百済の子孫を自認している私が、このまま黙っていてはいけません。埼玉西部地域を開拓した高句麗の人々の中には、山梨の「巨麻郡」から移動して来た人々も沢山いるのですから…。

そんな時、川越ペンクラブ同人の相曽元彦《あいそもとひこ》氏が『武蔵野ペン』に「渡来人・高麗福信《こまのふくしん》」の連載を始めたのです。私は興味津々、毎回、編集作業中に拝読しました。

そして、最終回近くに、

「この文章は一冊の本にして残したらどうでしょうか？」

と相曽氏に提案し、明石書店の鈴木倫子氏に相談しました。

その結果、『渡来人　高麗福信　天平の武蔵野　相曽元彦』が素敵な本になって多くの人々に迎えられました。私は何度も何度も読みました。

あとがき

相曽元彦氏は本著の出版後、間もなくお亡くなりになってしまいました。私は、「もし、高麗福信（高倉福信）さんの子孫の方がいたら、きっとこんな人ではないか」と想像し、「平凡な女」のタイトルで『武蔵野ペン』に連載を始めたのです。この連載を相曽元彦氏に読んで頂けないのが残念でした。

扉頁の花の写真は「椿」です。寒い冬に咲く花「椿」が、冬子にふさわしい花ではないかと思い、あちこちの「椿」を撮らせて頂きました。ありがとうございました。

本著の出版に当り、コールサック社の皆様にはお手数をおかけしました。心から御礼を申しあげます。

二〇一九年　六月八日

平　松　伴　子

石炭袋

平松伴子 小説集『平凡な女　冬子』

2019年6月8日　初版発行

著 者　　平 松　伴 子

〒350－1178　川越市大塚新町２８－２

Tel・Fax　０４９（２４２）３０６６

発行者　　鈴　木　比　佐　雄

発行所　　株式会社　コールサック社

〒173-0004　東京都板橋区板橋 2-63-4-209

電話 03-5944-3258　FAX 03-5944-3238

suzuki@coal-sack.com

http://www.coal-sack.com

郵便振替　00180-4-741802

印刷管理　（株）コールサック社　製作部

＊カバー写真　平松伴子　＊装丁　奥川はるみ

落丁本・乱丁本はお取り替えいたします。

ISBN978-4-86435-396-0　C0093　￥1500E

私もとうとう「喜寿の祝い」の会をしてもらっちゃいました。二人の娘家族の好意が、ハズカシナガラ、こんな形になりました。

これも、私の「生きた証」として残しておきたいと思います。

三人のマゴは大学生、高校生、中学生。
二人の娘ムコさんは大学の先生、大企業の社員。
一人のオットは中国文学に首ったけ。

二〇一九・三・二三　シン　カム　オン。